生まれちゃった。　もくじ

生まれちゃった。

用件は、一部分でいいのです。
こころにあること、浮かんでくることを、
じぶんの歩みにあわせて文字に綴っていくと、
もう、それだけでとてもいいのです。

「ひとり」は囀《さえず》り
「ひとり」は旅をする
「ひとり」はときどき目を閉じて
「ひとり」はひとり行き
「ひとり」は思いだす
まるでことりのようだね

さみしいとか、悲しいとか、
不安だとか暗めの気分から脱けだしたいときに。
胸の上のあたり、つまりUネックやVネックのシャツで
肌が見えてるところを、温かい手か、蒸しタオルとか
使い捨てカイロなんかで温めてやるといい。
これ、経験的に、そうなの。根拠は知らない。

だれの心にもつながってない
「客観的な目」なんてものはないのだ。
見ることは、もうすでに心の活動なのだから。

脳のなかでどういうことが起こっているか、
だれにも見ることができないし、わからない。
同じものを見ているようでいて、
おそらく、みんなちがったものを受けとめている。
それが事実なのだろうが、その事実はちょっとさみしい。
だから、人は、手をつなぎ合ったり、
同じ歌を歌ったり、同じことばをやりとりしたりする。
ほんとは、みんな、ちがいすぎるくらいちがうから、
同じところをあえて探して、くっついたりもする。

ある少年が、ある少女のことを
「好きになる」、という状況を考えてみよう。
たとえば少女が、「わたしはシロツメクサが好き」と言う。
少年は、その「シロツメクサ」のことに興味を持ち、
できることならじぶんもそれを好きになりたいと考える。

それはどういう植物なのかを調べたり、
どんな場所にあるものなのかを考えたりしはじめる。
おそらく、ほどなく「シロツメクサ」とは、
ふつうに言っているところのクローバーなのだと知る。
あのこは、こんなふつうの花が好きなのかと思ったり、

どうして、この花を好きなんだろうとか考える。
機会があるなら、そのことについて訊いてみたいと思う。
もっとあざやかな色やかたちの花ではなくて、
どうして「シロツメクサ」が好きなのか、想像する。
少女の答えを聞く前から、それを好きになりたくて、
いままでの生きてきたうちでいちばん、
シロツメクサについて考える時間を過ごすことになる。

すべてのはじまりは、少女を好きになったことである。
そして、ついでのようにいうと、少女のほうも、
なにかの理由でシロツメクサを好きだったということ。

壊れもの。

人はみな壊れもので、
強くても弱くても、
美しくても平凡でも、
善くても悪くても、
頑固でも柔らかくても、
壊れることがありますねん。

生まれたときから壊れもの。
生きてる最中も壊れもの。
元気なときでも壊れもの。
病の床でも壊れもの。

壊れものじゃないときなんか、

一瞬たりともありゃしない。

人はみな壊れもので、
速くても遅くても、
頭よくても阿呆でも、
運がよくても不運でも、
努力してても怠けても、
壊れることがありますねん。

生まれたときから壊れもの。
親があっても壊れもの。
愛があろうが壊れもの。
嫌われてても壊れもの。

壊れものじゃないときなんか、
一生に一度もありゃしない。

「私を笑わせにきてくれる友」は、いちばんのよき友。
「私を笑わせにきてくれる友」にとって、
「笑わせにいきたい友」はまた、いちばんのよき友。

「わかる力」が相手にあれば、わたしは「よろこぶ」。

「わかる力」がわたしにあれば、相手は「よろこぶ」。

「わかった」うえで、反対するということもあるだろうし、

「わかった」けれど認めないということもあるだろう。

しかし、「わかってもらう」ということは、
どれだけ気持ちのいいことなのだろうか。

「わかられた」と「わかられない」の天と地のような差よ。

どれほど水泳についての語彙が豊富だとしても、
泳げたことのない人は、泳ぐイメージを持ちにくい。
ことばというのは、すごいものですが、
もともと表現されたり記録される「元のこと」があって、
はじめて表現や比喩や説明があると思うんです。

花一輪の「そのもの」があって、花の絵、花の写真。

笑いを追求している人と、悲しみを描く人とは、
同じ場所で「おもしろい」について語り合える。

混乱の原因は、考えることが「いっぱい」あることだ。
手のつけようがないほど「いっぱい」あって、
なにもできないことで胸が苦しくなったりする。

1 そういうときには、その「いっぱい」のなかで、
「少しでも後回しにできそうなこと」を、いったん外す。
ノートに書き出してみたほうがいいだろう。
それが、まず、だれにでもできる最初の仕事だ。
ほんとうに急いではいないことは、たくさんあるはずだ。

2 つぎに、「いまはじめたら、すっきりすること」。
だれかがやっておいてくれたらありがたいのに、
ということを考えて、これもノートに書き記す。
もしかしたら、それは部屋の掃除だったりもする。
書類の読み込みだとか、いかにも大変そうに見えること。

それが、人に頼めることだったら、人に頼もう。
つまり、頼める相手を探して連絡をすること。

3

そして、人には頼めないことだったら、
まず、それを我慢してでもはじめてみよう
(そのとき、他にも「いっぱい」やることがある、と、思い出す必要はないし、それは後回しにすることとしてすでにノートに記して外してあるはずだよ)。
「できることを、はじめる」。それをやりはじめる。

「混乱」は、もう混乱ではなくなっているはずだ。
はじめることが怖かったのではなく、
はじめられないままだから怖かったのである。
さて、ほら、もう大丈夫だ、はじめようか。おれよ。

生きていくうえで、
なにより大事なことは、
名付けようのないものに
興味を持つこと。

こどもを見よ。
あらゆるものごとの
名も知らぬまま、
飛びこんでからまりあう。

夜が明けるときに東の空を見てたら、
朝が来るなぁと思えるけれど、
締め切った部屋で天井を見ていたら、
明るくならないどうしようと思うばかりだろう。

どんなに手のかからない犬でも、猫でも、
絶対に手がかからないということはない。
馬でも、牛でも、ヤギでも、チャボでも、カブト虫でも、
薔薇でも、白菜でも、コリアンダーでも手がかかる。

もっとしつこく言おうかな。
本でも、マンガの本でも、ブルーレイでも、ゲームでも、
読まなきゃなんねぇ、観なきゃなんねぇ、
止められてでもやんなきゃなんねー。
おいしい料理でも、お菓子でも、お酒でも、
食わなきゃならん、飲まなきゃならんよ、手がかかる。

家にだれかがいて、家族みたいになったら、

それはそれで、互いにとっても手がかかる。
子どもなんか生まれた日にゃ、とんでもなく手がかかる。
めんどくさい、めんどくさい、めんどくさいね。
なんでもかんでもなんでもかんでも、手がかかる。
じぶんで欲しがったものは、みんな手がかかる。

その「手がかかる」がやりたかったんだね、もともと。
手をかけていることが、たのしいんだよね、実際。
だから、犬がいたり猫がいたり、花があったり、
本があったり映画があったり、
料理やお菓子があったり、したはずなんだよね。
「めんどくさいし、つらい」と言うのもじぶんだけど、
「もともと、ほしがった」のもじぶんなんだよね。

人がしていること、人が望んでいること、
人がたのしみにしていることのほとんどが、
人に会うこと、人といること、
人と話すこと、人の話を聞くことだ。
人は、ほんとうにつくづく、人に興味を持っている。

花だからきれい、青空だから爽快だということではなく、
花を見たとき、空を見上げたときに、
おおぉと思ったら、その感情がいいじゃないですか。
いいなぁとか思うことそのものが、いいですよね。

すこしはかわった。

ずっといっしょにいると、
仔犬のころから、あんまり
変わってないように思いやすいけど。
やっぱり、少しは変わったんだよね。
たとえば、毛の長さとか。

ぶいこもね。

大雨があがって、
嘘のように晴れてきた。
カーテンをぜんぶ開いて、
思いっきり外を見た。

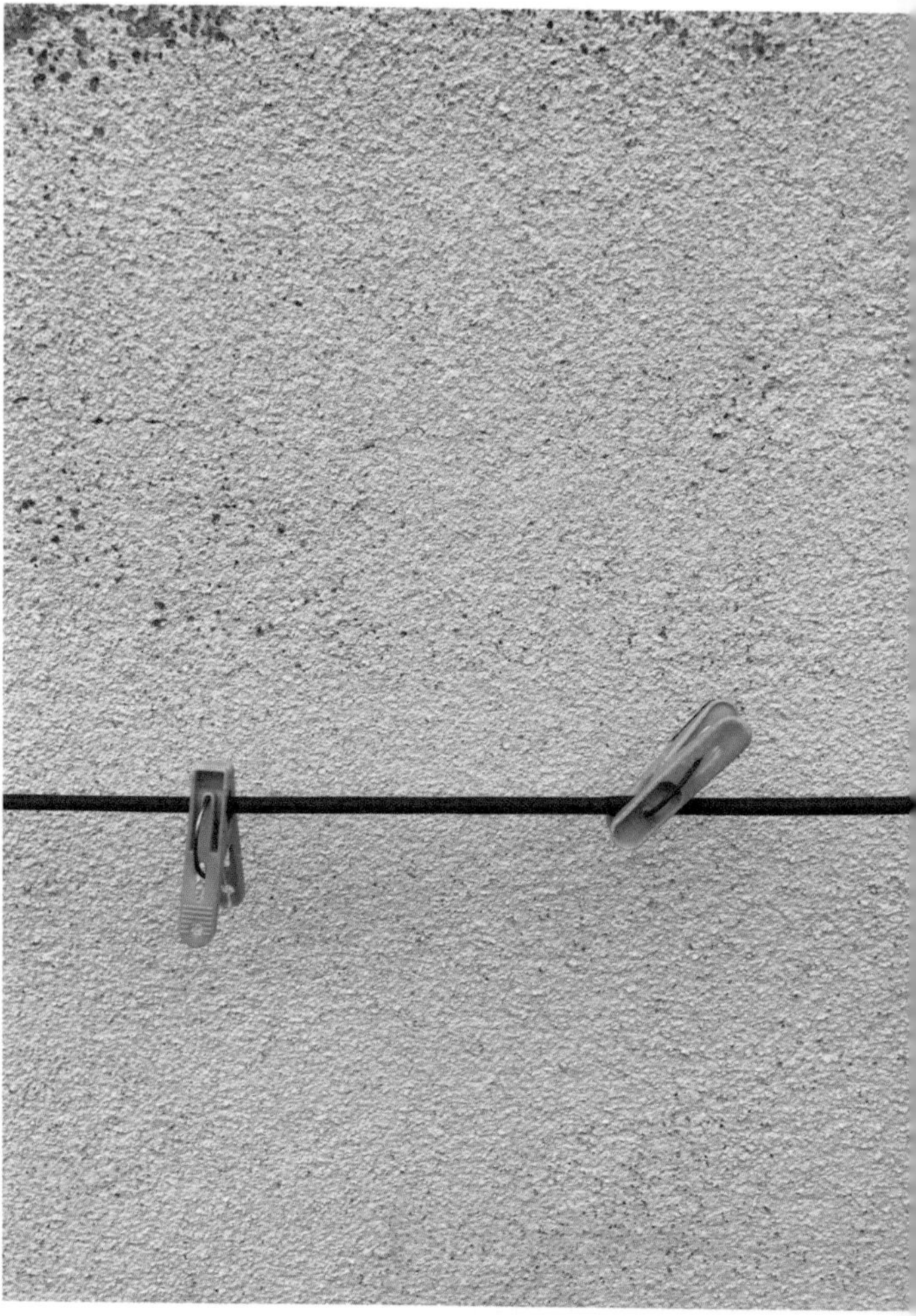

2017/3/6 由布院

TOBICHIには、
「ダンシングキツネ」
がいるよ。

毎日、なにか考えることがあるのは、どういうわけか。
そして、毎日、なにか思うことがあるのはなぜか。
毎日、なにか感じることがあるのはどうしてか？

いつものように湯船で自問自答していて、
「あ、そうか」とわかったような気がした。
一足飛びに答えだと思ったことを言うと、
「やりかけの仕事があるから」だ。
いつでも、ぼくは「やりかけの仕事」を抱えている。

「やりかけの仕事」については、
やりかけなんだから、やめずにやるしかない。
ずっと「なにかすばらしい考え」やら
「天啓」やらがやってくるような罠を仕掛けている。
「できた！　これで完成だ」なんてことは、ありえない。

ずっと「やりかけ」として扱っているから、
やること、考えること、思うこと、感じることが
やめられないということだ、とわかった。
たぶん、仮に引退しても「やりかけ」だらけなんだろうな。

「二度寝」って、なぜあんなに気持ちがいいんでしょう。
これについては、これまで、何度も考えたんです。
答えもでました、じぶんなりに。

まず、ぐっすり寝ているときには、
ぐっすり寝ているなぁという味わいはありません。
ぐっすり眠っているのですから、それだけです。
よく寝たことに気づくのは、実は起きてからなのです。

しかし、目覚ましアラームなどで一度目を覚ましたのに、
もう一度眠るという「二度寝」は、

「ほんとは寝ていてはいけない」というときなのです。
つまり「起きなきゃならない」という気持ちがあって、
それでも「もうちょっと寝させて」と寝るので、
実は、ちょっと目覚めたりもしているのです。

この起きてると寝てるが、寄せては返し寄せては返す
さざ波のようなくりかえされる「二度寝」が、
いっちばん気持ちのいい「二度寝」なんですよね。
「寝たくてたまらなくて寝てる」ことを、
起きているじぶんが意識できているのが「二度寝」です。

人の一生を、年表のように区切って考えてみる。
まず、0歳から5歳までを「可能化」の時期と考える。
むろん、実際には大人の保護が必要なのだけれど、
生き物として生存可能な状態になるまでの成長が
だいたいこの5年間である。
次に、5歳から20歳までが「成人化」の期間。
少しずつ成長して、文字通り、人というものに成る。
しかし、個人として成人してからも、
「群れ」の一員となるための成長が必要になる。
これは20歳から35歳までの「社会化」の期間である。

0歳から5歳の5年間「可能化」するための成長、
5歳から20歳までの15年間「成人化」するための成長、
そして20歳から35歳までの「社会化」するための成長。
ここまでに、三段階、それぞれの成長を、
ほぼすべての人たちが経験していくのである。

たぶん35歳から先には「高度化」という成長があって、
これは選択科目みたいなもので、そっちを選ばなくても、
十分にこれまでの延長で生きていけるのである。
35歳から先ずっと同じということも、これも選択肢だ。
「高度化」の先は「普遍化」「面白化」へと成長する？

あるとき「いのちとは時間のことなのだ」と考えて。
このごろ、ほんとにそのとおりだなぁと思っている。
いい時間を過ごすということは、
いのちをよろこばせるということになる。

牢獄に入れられて、身動きとれない時間。
つまり、それはいのちが拘禁されているわけだ。
テレビを見ながら、悪態ついている時間。
つまりそれは、いのちを、そういうふうにつかっている。

あくびしている時間、いのちがあくびしている。
眠っている時間、いのちが眠っている。
おいしいものを食べている時間、いのちが食べている。
だれかを思っている時間、いのちが思ってる。

「あ、もう時間がないね」というときには、
その場でつかえるいのちが、もうないということ。

たっぷり時間があってなにかするときには、
たっぷりのいのちをそこに込められるはずだ。

年を取ると、残された時間が少なくなる。
それはそのまま、いのちが少なくなるということだ。
手仕事のなにかを、人がありがたがるのは、
そこにかけた時間のぶんだけ、いのちを受けとるから。

あっというまに時間が経ったというときには、
いのちが余計なことを気にせずに燃えたときだね。
大好きな人といて、もっとずっといたいというのは、
たくさんの時間、いのちをその人と費やしたいからだ。

時間って、みんなに同じくらい配られているのに、
ずいぶんもったいなくつかっちゃうものだよねぇ。
逆に、うまくたのしくつかっている人もいる。
そういう、つかったいのちの記憶が人生と呼ばれる。

生まれたときには「おそるおそる」じゃなかったはずだ。
あたりのご意見をうかがいながら「おぎゃぁ」と
小さな声で産声をあげる赤ん坊なんているはずもない。

ところが、しだいに人は「おそるおそる」に染まっていく。
思ったことをそのまま言ったら、やったら、
叱られるかな、責められるかな、仲間はずれにされるかな、
評価が下がるかな、変わり者だと思われるかな、
というようなチェックリストをこころのなかに持って、
きょろきょろとあたりをうかがいながら生きるようになる。

「おそるおそる」は慎重にとか確実にとか責任を持って

というようなことばに変換され「善き態度」とされるので、
だれもが、どんどん「おそるおそる」のパターンを学び、
「おそるおそる上手」になっていくのである。
そう言っている、ぼく自身もずいぶん上手なもんだよ。

やがて、人は「おそるおそる上手」どころか、
「おそるおそる名人」や「おそるおそるモンスター」に
なっていくのかもしれない。
どうやったら防げるのか、よくはわからないのだけれど、
「おそるおそる」って生きにくい、と知るのはどうかな？
「おそるおそる」でうまく行った例って、あんまりないしね？

三葉虫の化石を見ると、なんだか虫だなぁとわかる。
長い年月が過ぎるうちに石になっちゃったんだ、とか。
しかし、その三葉虫が生きていたのは、
たとえば5億年だとか、2億年だとかの昔なのだ。
人の人生が100年時代になるとか言われるけれど、
100が500万回繰り返されて5億年ということだ。
その化石は、そんな長い時間を過ごしてきた。
そんな長い時間って、ほんとにあったのか?
頭がくらくらしてくるんだけど、それはやや快感である。

夜空を見上げたとき、いちばんよく光っているのがおおいぬ座の恒星シリウスだ。
シリウスと地球との距離は、8・611光年だそうだ。
光は、1秒間に地球を7周半するという。
それほど速い光が、8・611年間走り続けたら、
シリウスのある地点にたどりつくのだ。
なにそれ！　遠いとか近いとか言えるような遠さじゃない。
わからないし、考えられない、イメージできない。
そういう時間や距離がある、という知識があるだけだ。

ちなみに、三葉虫の化石は数百円でも買えるし、
シリウスの光は、いつでも無料で目に見える。

なにか容貌だとか身体についてのことだとか、
出自だとか人種だとか、家族関係だとか、経済状況だとか、
そういうこと、どれも、
じぶんから、ここで言うと決めてじぶんで言うのはいい。
しかし、他人がそれを知っていたとしても、
それを言うのはルール違反なのだと思う。
重いこと、軽いこと、冗談になるようなことならないこと、
すべて、じぶんの言いたくないことは言わなくていいし、
他人が言うのもいけないのだと思う。

よく「自由」ということについて語られるけれど、
その「自由」の根幹にあるのは、
じぶんについてのことは、言うか黙すかを
じぶんで決められるということがあると思うのだ。
これが大事にされている世界は、おそらく住みやすい。
不要な詮索をしないとか、噂話を遠慮しようとか、
そんなルールもつくれるかもしれないが、

もっとシンプルなことのように思う。
礼儀正しい人は、そういうことをしない。

とにかく、いまは「言う」ばかりが盛んだ。
言わなきゃわからない、ちゃんと言え、と言われる。
しかし、言うに至る前の気持ちや、考えもあるし、
いまここで言うべきでないと判断することもある。
悪いことじゃないのだから、包み隠さずなんでも言え、
というのは、礼儀としてまちがっている。

こういうことについては、ずっと
こどものころから考えてきたような気がする。
父と母が離婚してじぶんに母親がいないことを、
事実だけれど他人に言う気にはなれなかった。
ましてや、他人にそのことを言われたくなかった。
それは、人にとっての「自由」というものだと、
いまごろになって説明できるようになった。

「こころ」なんてものは、ないという考え方もある。
人でも、他の生きものでも、どこをどう探しても
これが「こころ」ですというものは見つからない。
だから「ないもの」なんだと結論を急がれても困る。

「こころ」があるような気がすることが、
ぼくだって、何度も何度もあったよ。
というか、「こころ」があると思って、生きているよ。
それがないと思って生きるって、どうにもムリだ。

そこに「こころ」があるのを感じて、
うれしくなったりもする。
さまざまな「こころ」がひしめきあっていて、
怖いくらいなときもある。

「こころ」は、人ばかりでなく、
他の生きものにも感じることがある。

おそらく、犬やら猫やら、いろんなどうぶつには、
「こころ」があるのだと思える。
「こころ」があるからこそ、
困ったことだって起こるのは知っている。
「こころ」なんてものがなかったら、
もっとうまくいくこともあるのにということもある。
じぶんの「こころ」でさえ、じゃまになることもある。
だけどなぁ、「こころ」がなかったら、
なんで生まれたんだかわからなくなるよ。
「こころ」が、よろこんだり、はずんだり、
さみしがったり、かなしんだり、
そういうことぜんぶが、旅してるみたいなことでさ。
どこへ行くとか関係なく、「こころ」が旅してることが、
きっと生きてるってことだもんね。

さくらをたてれば。

古くて大きな桜の樹。
なるべく大きく写したい。
しかし、桜を立てれば、犬が立たず。
犬を立てれば、桜が立たず。
ブイコさんには関心のないことですが。

わんこ。

中央にお座りしてるのは、
ブイコちゃんじゃありません。
とある町の、不思議な喫茶店。
なんだか、いいでしょう。

えへへ。

ちきゅうだ。

ご近所に、地球があらわれた。
おとうさんが、「おっ!」と言って、
すっごくよろこんでいた。

べびーふぇいす。

おかぁさんと散歩中に、
仔犬にまちがわれたそうです。
たしかに、ベビーフェイスかも。
いずれは老け顔にもなるのかなぁ。

おもえば。

ブイコは、まだ1歳と10ヶ月。
2歳にもなってなかったんだよね。
そりゃぁ、いろんなことが
まだまだじょうずにはなれない。
ちょっと忘れそうになってたよ。

人は、人によって変えられていくし、
人に道筋を案内されるし、人が助けてくれる。
人とは自然だし、人とは創作物だし、人とは偶然である。

同じくっつけるにしてもさ、瞬間接着剤でくっつけたら、
秒単位でくっついて直せないじゃないですか。
いまはそういう時代だと思うんですよね。
もっと、昔ののりみたいなものでくっつけたらさ、
乾くまではくっつききらないけど、
そのぶんちょっと動かせるわけで。

人間は、じぶんの減量については
1グラム単位で気にしているが、
他人が「順調に体重が減っている話」などには
10キログラム単位の関心しかない。

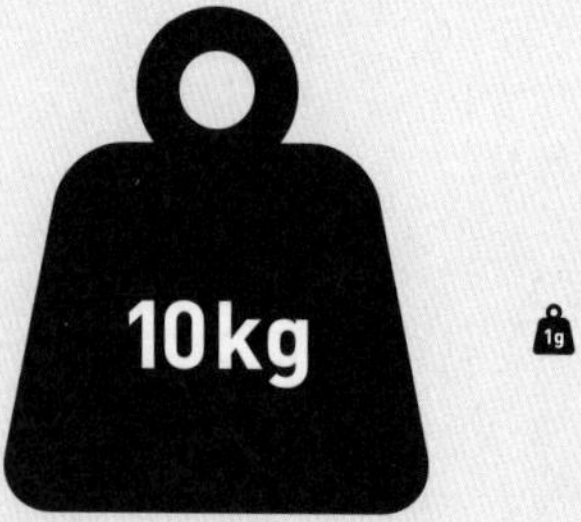

あなたは口笛を吹きますか？
また、鼻歌を歌いますか？

・口笛、鼻歌、どっちももちろん。26・4%
・口笛は吹くが、鼻歌はあんまり。8・9%
・口笛は吹かないなぁ。鼻歌は歌う。49・5%
・吹かないし、歌わないな。15・2%

なーるほどなー、という結果が出ました。
口笛を吹く人は世の中の35%です。
口笛も鼻歌も吹かない歌わない人も15%います。

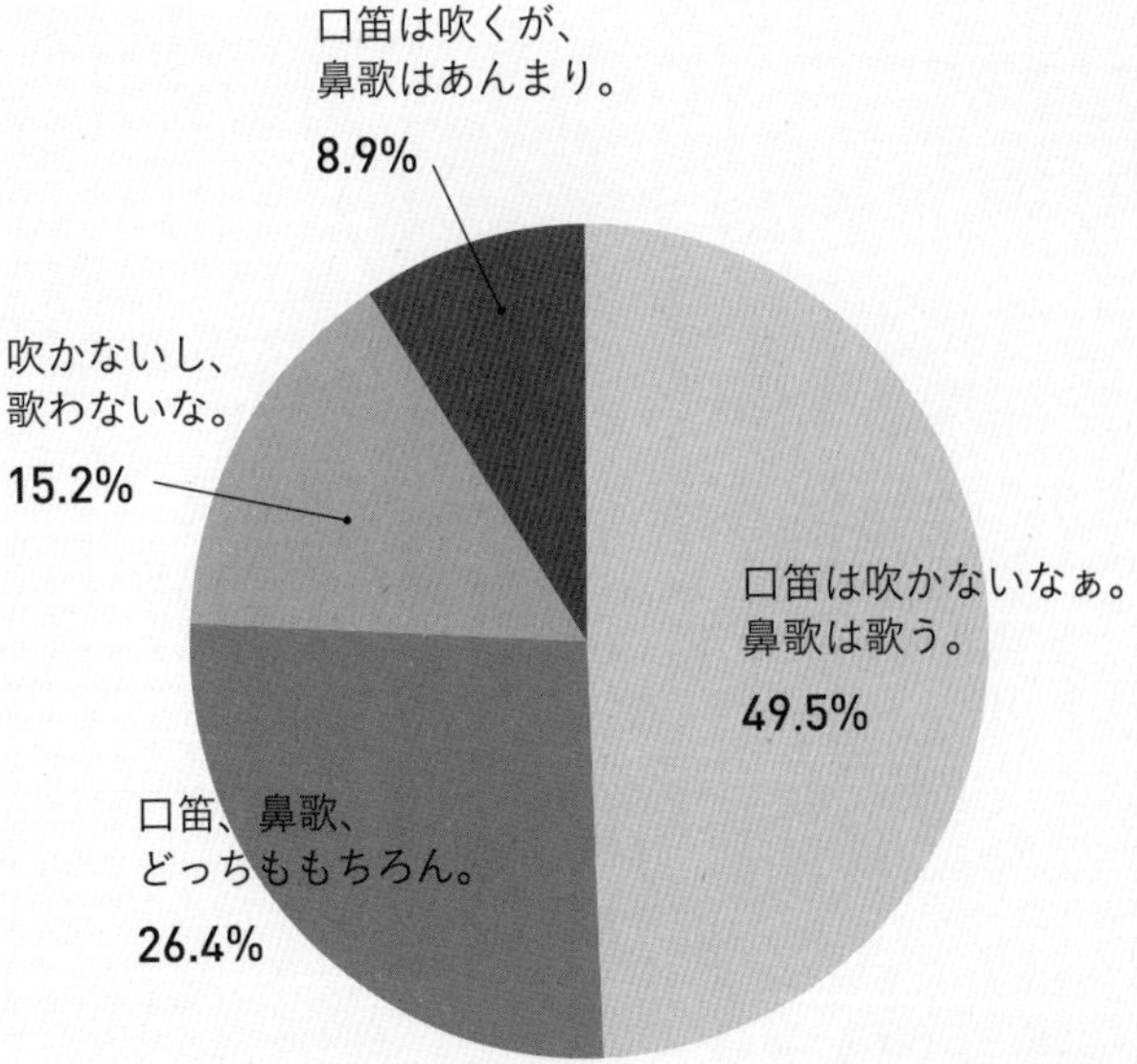

頭の中を、「なにか100%」にしないように注意します。
「なにか100%」というのは、いいことないです。
それが、たとえ「恋」であろうが、「仕事」であろうが。
それが失くなったら、残りが空っぽということですから。

基本的にはないとしても、
「なにかの偶然や奇跡が作用して、
どこかでだれか素敵な人と、ちゅーをする可能性が、
絶対にないわけじゃない」という準備こそが、
その人の、底の底にある清潔感の根拠、
なのではないだろうか。

工業社会であろうが、情報社会であろうが、
資本主義社会であろうが、脱資本主義社会であろうが、
わたしたちは、めしを食うであろう。
人と会ったり、話をしたり、遊ぼうとしたりするだろう。
だれがなんと言おうと、恋のようなことをするだろう。
目で見たり、耳で聞いたりしているだろう。
生まれて、生きて、死ぬだろう。
変わるものについて考えることには、際限がない。
予言や予測が当たったりハズレたりもするだろう。
しかし、変わらないものについて考えることは、
しっかりやればやるほどハズレないし、おもしろい。

失恋させてくれた人というのは、恩人のひとりなのではないか。

どれだけ多くの偉人たちが、勇気について語っただろうか。
勇気とは、絶対安全とはかぎらないのに決断することだ。
絶対安全とか、絶対成功とかには、いつまでも足りない。
カンヴァスへの絵の具のひと筆だって勇気だし、
ピアノの鍵盤を叩く指の動きだって勇気だとも言える。

「幸せを感じられるときには、
たっぷり幸せを感じていいんだよ」
大人は、そう教えていいんだと思う。

じぶん自身に訪れる「老い」は、最も身近で、
最も興味深い「自然現象」なのだから、
それを観察したり研究したくなるのは当然だ。
じぶん自身の身体や考えは、なにより不思議な自然現象だ。
これを「じっと観る」ことは、無料で無限の娯楽でもある。

「フランス人は小説のように夢を見る。
イギリス人は舞台劇のように夢を見る。
アメリカ人は映画のように夢を見る。
もちろん、日本人は
マンガのように夢を見ているはずだよ。」
（『セフティ・マッチ氏の炉辺の談話』より）

いい感じのお天気でーす。

青山のオフィスとは、
もう1週間たらずで
さよならです。
この夕刻の空が
いちばんの名物だったかもしれない。

すきあらば。

空いてる、と思ったら、
椅子に飛び乗ります。
どかされるまで、どかないです。
どかされると、素直にどきます。

これ、ねぇ。

このポーズ見たら、すぐに、
うちのコだってわかりますよ。
ただ、ブイコって
三姉妹の生まれなのですが、
妹の方々も、このポーズするの。
妙なところが似るものなのねー。

ほめられて育ってきた人と、ほめられないで育ってきた人がいる。それは、ある意味、育った世代にもよるんだ。ぼくは、ほめられないで育てられたよ、古い人だから。▼いい成績とろうが、なにかで活躍しようが、まず、ほめられりゃしないし、「そんなことでいい気になるんじゃない」って、言われたりして、かえってがっかりだよ。天狗になったら、いつか鼻が折れる。人間はとにかく謙虚でなくてはいけない。いい気になってると、他人に足をすくわれるぞ。上には上があるんだ、おまえなんかたいしたことない。いまはいいけど、落ち目になることを覚悟しろ。そういうネガティブな考えを、たっぷり吹き込まれる。直接口に出して言うのは、年寄りだったけれど、印象としては、だれもかれもがそう言ってたよ。とにかく、へりくだっていればいいという考え方。最高の善行は、なによりも人に迷惑をかけないこと。▼それは、昔ということもあったけれど、地域のせいもあったかもしれないね。一概には言えないとは思うけれど、基本的には、昔と、田舎、にはほめない文化があった。▼逆にさ、ちゃんとほめられて育ったなぁと思える人は、わりと、見ていてもわかるよ。この人は、いいところはいいとほめられて育ったな、かわいいかわいいと、ちゃんと言われていたんだろうな。そういうのは、とても栄養になってると思うんだよね。▼ってなことをみんなとしゃべってて、じぶんがほめられて育ったと思う人と、そうでない人と、手を挙げてみようか、ということになった。これが、みんなそれぞれ、悩むことなく、すっと、どっちかに手を挙げるんだよね。気持ちがいいくらい、その通りだなぁって感じなんだ。ほめられなかったじぶんとしては、正直言ってさぁ、もっとほめられてたら、もっと羽ばたけたと思うんだ。

たぶん、ぼくはあんまりケチではないと思っている。かつては、一部の芸人さんたちのするような「ゴーカイなおごり方」をまねていたこともあるが、年をとってから、そういうことはしなくなった。いちおうの年長者として、ふつうにしていれば、ちょうどいいくらいの感じで収まるような気がする。それでも、はっきりとケチなところがある。▼みんなで食事などに行ったとき、ビールを飲む人たちがいちばん多い。飲めばいい、泥酔するのでなければどんどん飲みなはれ。その他の酒についても、飲めばいいではないか。高い高いワインなんか頼んだら「ダメ」と言うけれど、いろんなお酒を飲んだらええがな。で、アルコールを飲めない人は、ジンジャーエールとか、コーラだとか、炭酸入りの水だとかを注文する。それも、飲んだらええがなである。そして、ウーロン茶も頼みなはれ、飲みなはれ。ぼくもウーロン茶を頼むことが多い。▼しかし、ここからだ、ぼくのケチなところは。「ウーロン茶を何杯も飲むのは、いいとは言えない」。あえて注意はしないのだけれど、内心では思っている。ビールは飲みなはれ飲みなはれ。ジンジャーエールでもコーラでも飲みたまえ飲みたまえ。しかし、「ウーロン茶は、まぁせいぜい2杯までだな」という気持ちで、目を光らせているのである。うかうかしていると、酒飲み人がビールをがんがん飲んでるとき、ウーロン茶を何杯もおかわりしている不届き者がいる。「のどを潤す程度にしておきたまえ」と、ほんとは言いたいのだけれど、ぼくはがまんしている。▼ビールでもコーラでも飲むのはいい、のだけれど、ウーロン茶を何杯も飲むのは「もったいない」のだ。それほど飲みたくて飲んでるものでもないのに、あんがい500円くらいしちゃうんだぞ。ウーロン茶5杯飲んだらうれしくもないのに2500円だぞ。ぼく自身は、ウーロン茶は最大で2杯までにしている。この「ウーロン茶ケチ」は、死んでも治らないと思う。

バナナは、天然のままで、「持つところ」のついている食品である。その意味でも、バナナには大きな取り柄があると言える。大事なことだから、もう一度言おう。バナナには「持つところ」があって、すばらしい。バナナの近くに棲んでいるサルや類人猿のみなさんも、バナナの「持つところ」はとても重宝しているらしい。▼グリコの「ポッキー」は、人工的に「持つところ」をつけたお菓子である。細いクッキーに、チョコレートをコーティングしてある。もし、「ポッキー」がサービスのつもりで、「両端までたっぷりチョコレートをかけたよ!」なんてことをしたら、たいへんなことになるだろう。そのまちがったサービスのせいで、「持つところ」がなくなってしまうからである。▼世の中に昔からある「いいもの」「べんりなもの」には、だいたい「持つところ」がついている。まれに、「持つところ」のないものもあるだろうが、ほとんどの「いいもの」には「持つところ」がある。リュックサックなんかのことを考えてみたまえ。肩にかけて背中に背負うものだ。しかし、よく見たらわかると思うけれど、ふくろ(ザック)の上部には、「持つところ」がある。▼ポットややかんなどは、もう、「持つところ」こそが本体ではないかというくらいに、「持つところ」を重要視してつくられている。自転車でも、自動車でも、「持つところ」がある。一般にハンドルと呼ばれているが、あれは、操縦をするためのものでもあり「持つところ」でもある。この先、自動車は「自動運転」になっていくらしいが、そのとき「持つところ」のことをなおざりにした企業は、おそらく手持ち無沙汰になるであろう。▼人体は、実に、「持つところ」の集合体である。人間が好かれるのは、「持つところ」が多いせいだ。聞いた話だけれど、ビルにも「持つところ」があって、「定礎」の文字のある石を外すと、すぐ見つかるそうだ。

「落語とはなにか？」というような問いを立てた落語家は、立川談志以外に思いつかない。そういうことを、わざわざ言わないのが落語家というもののような気もするのだけれど、談志がそれを「業の肯定を前提とする一人芸」であると答えを考え出してくれたおかげで、それが、落語のことを考える土台になっている。「業の肯定」ということばは、いまではもう、落語好きのなかでは、ひとつの常識のようにもなっている。▼そうすると「業」とはなんなんだというこことにもなるが、これはもともと仏教の「カルマ」からきているらしい。恐れ多いけど、ぼくなりの言い換えをするなら「善いも悪いも含めて人がやっちまうこと」かなぁ。落語のなかによく出てくるセリフに、「しょうがないねぇ」というのがあるけれど、それが「業の肯定」を表しているようにも思える。▼そういえば、植木等の歌った『スーダラ節』(作詞・青島幸男)のなかには、「わかっちゃいるけどやめられねぇ」という歌詞がある。真面目な性格の植木等が、僧侶である父親に、こんな無責任なこと言って騒いでいる歌はどうなんだろう？　疑問に感じていると相談したのだそうだ。そしたら、浄土真宗の坊さんであるお父さんが、「これこそ人間の真理、親鸞の教えに通じる」と言って励まされたエピソードが有名だけれど、これも思えば「業の肯定」に通じる話だったな。▼「しょうがないねぇ」にしても、「わかっちゃいるけどやめられねぇ」にしても、しっかりした人の、ちゃんとした理屈からしたら、「そんなことじゃいけない」と叱られそうなことだ。しかし、それは「業」として人間に備わっているものであると考える、そういう人間観世界観が落語であると、立川談志という人が見つけたわけだよねぇ。人がとげとげしくなって、さかんに角突き合っているとき、落語の世界にひたりたくなるのは、そのあたりが理由だね。シェイクスピアを好きな人も、そのあたりの感じ、似ているんだろうか、それともちがうのかな？

仔猫と仔猫がじゃれあっている。仔犬と仔犬が追いかけっこしている。人間の子どももなんだかわからないまま走ったり、踊ったり、歌ったり笑いあったりしている。▼つまり、子どもたちは、みんなよく遊んでいる。生きることそのものが、遊ぶことのようによく遊ぶ。それがどう役に立つかなんてことは、おとなたちの考えたがることかもしれないが、遊びたいから遊ぶし、たのしいから遊んでいる。▼実は、おとなも、そうなんじゃないだろうかと、いまさら、ふと思うのだった。走ったり踊ったり歌ったり笑いあったり、そんなに遊びらしい遊びには見えないかもしれない。でも、向かいあって、隣りあって、円くなって、お茶やお酒を飲みながら、おしゃべりしているのは、それは遊びではないのだろうか。テレビやら、パソコンやら、スマホやらの画面を見て、あれこれ思ったり、受け止めたりしているのは、これは遊びそのものなのではないだろうか。子どもたちが、子ども向けのなにかを見ているのと、そっくりだろうと思えるのだ。▼昔、ぼくは新発売の自動車の広告で、落語の「寿限無」のなかにある「食う寝る処に住む処」という一節を再解釈して、「くうねるあそぶ。」というキャッチフレーズを書いた。生きることの基本のような「食う」と「寝る」のつぎに、「遊ぶ」を並べたのは、ほんの少しの逆説だった。▼しかしいま、「遊ぶ」が、食うや寝ると同じくらい大事にされるものなのではないかと、思えてならない。遊びが禁じられたとしたら、どうして生きていられよう。

4月の25日から、歯みがきを利き手でない側、左手ですることにしている。なにかよい効果があるとかないとかについては、いったん忘れることにして、とにかく続けている。いまのところ、左手でみがくというもどかしさよりも、漫然と、義務的に歯をみがいていた時間が、「なにかゲームをしている時間」になったので、少なくともその分だけは、おもしろくなったわけだ。これを冗談めかして「秘密結社」と呼んだら、わたしもやります、という読者もけっこういて、ときどき途中経過についてのメールなどもいただく。▼「鏡を見ない。目を閉じてみがくといい」という報告もあって、そういえばぼくもときどき目を閉じてみがいてるなぁと思い出した。歯ブラシが、歯のあちこちでどういう仕事をしているか、映像を思い浮かべて歯みがきをするのだ。これは、釣りをしているときにルアーと魚の動きを想像して竿を動かしていたのと、同じようなことだ。実際の歯やブラシの大きさに比べて思い浮かべる映像はかなりアップで迫力がある。おもしろい画面ではないかもしれないが、それを頭のなかで見ていると、うまくみがける。▼もうひとつの遊びは、映像を実況していくこと。「いまペーストを付けた歯ブラシが、上の右、奥の歯に触れました。軽いタッチで横に往復、刻むように動いて、しだいに奥から前に向かってくる。このあたりは、歯のすきまもあって丁寧にみがく……」というように、やっていることの脳内映像を見て、いちいちことばにして実況中継していく。いや、声には出してませんよ。言ってみれば、作文を空に書いているようなもの。こういうことも、「歯をみがくだけ」という時間に、まぁ多少のゲーム性を加えてくれるものだ。行動を意識してことばにするというのも、もしかしたら、なにかの練習になってるかもしれない。▼以上、秘密結社から、途中経過の報告でした。そして、左手の歯みがき、あきらかに上手になっています。

「神様にコピーを頼まれたら？」
せっかく「神様がいるなら」という仮定の質問だから、
真剣に遊ばなきゃね。そう思ったら、一瞬で考えついた。
依頼主が神様で、ぼくが神様のコピーを書くとしたら？

「ごめん。」

神様、あなたのコピーに、これを採用しませんか。
いろいろいいこともしてくれるけど、
困ったことも、ずいぶんたくさんしてくれてますし？

イラスト＝福田利之

うちにも届きました。
疫病退散の
甘鼻絵様といっしょに。

「読売巨人軍まで
ご連絡ください」って、
あがっちゃうんじゃ
ないかなー。

音楽の授業のなかで、楽典についても少し習う。
ぼくは、妙に「休符」というやつが好きだった。
音を出さないで休むということを表している。
音がないのだけれど、休符という記号で表現はある。
こどもだったから、そういうことが気になる
(同じように、「白は色だよ」も気になっていた)。
休符は、いくら並べても、細かく分けても、
それだけでは、なにかのやりようもない。
だけど、楽譜のなかに休符を入れないと音楽にならない。
おもしろいものだなぁと、けっこういまでも好きなのだ。

社会も人生も、楽譜のようには表せないけれど、
休符で表現するようなことが、きっとあるはずだ。
楽隊はそこにいて、次の音を出すのだけれど、
その前の、音を出さずにいる時間。
そういう休符のような時間はたくさんあるのだと思う。
それを、「音が止まった」と受け身で聴くのではなく、

2020.3.16

演奏家として「音を止めている」と考えると、
休符のとらえ方は、ずいぶんおもしろくなりそうだ。

世界が音を立てないようになっている。
あえて楽譜で表現するなら、いまは全休符の時期だ。
音を出さないけれど、音楽の過程のなかにいる。
恋人どうしの「会えない時間」のようではないか。
おいしい食事の前の、ほどよい空腹にも喩えてみよう。
こどもが成長するといわれる夏休みのようでもある。
次にどんな旋律が演奏されるのかは、
いまの休符との関係で決まってくるにちがいない。
唐突に転調するのかもしれないし、
リズムも変わる可能性だってあるはずだ。
それを決める人は、あなたの音楽については、あなただ。

この全休符の時間に、なにを企んでいようか。
元に戻る以上のことを、望んでもいいのではないか。

いまの「WITH CORONA」の生活様式が、辛くてしょうがないとぼやいているのは、大人げないし、よくないとぼくも思う。しかし、これがなにか天からの大事な警告でいままで常識としていた「よからぬ慣習」を変えてしまういい機会だとことさらに強調するのも、なんだか危ういなぁとも思うのだ。

緊急事態宣言が解除されたとしても、しばらくは安全のために「新しい習慣」を守り続けることになる。これは守りましょう、守ります。でも、ぼくはこの「新しい習慣」をよろこんで受け容れているつもりはない。特別な「いま」なので、仕方なくやっているのだ。

おおよそ、この「新しい習慣」は人に対して失礼なことばかりです。「だれかと会うとき、2メートル間を空ける」。この人とは近くに寄りたくないという表現と同じです。「マスクをして呼気や唾液が当たらないよう注意する」。また、「握手やハグなどは避ける」。これらも、すべて親しみの逆の表現になりますし、一年前にそんな態度の人がいたとしたら、ちょっと腹を立てていたかもしれません。

人と人とが、親しく距離を近づけるということは、大昔から、互いの安心と信頼を確かめ合える「うれしい習慣」でもあったわけで、それ自体が「よろこび」であったわけです。しかし、感染症が流行したらみんなが、じぶんも含めて人間を「感染を媒介するもの」として見立てなくてはならないので、長い歴史のなかでせっかく獲得できていた「信じる」ことをもとにした行動習慣を、いったん水に流すという経験をさせられているわけです。「不信」を前提に交流したり行動するという「新しい習慣」がみんなに求められていたのです。そりゃぁ、ストレスもかかるというものです。ぼくらは、信じるをもとにして生きたいんですから。

コロナの先でもコロナの前でも、生きやすいのがいいなぁ。

2020.5.25

人は、人に会いたがるもので。
人は、人と集まりたがるもので。
人は、人と話したがるもので。
人は、人と触れたがるものですが。

それをがまんする、
あるいは、それを禁じられるとしたら、
なんにもできなくなってしまうような、
無力感におそわれそうです。

でも、よくよく考えてみてください。
できることは、確実にあります。
ほんとにあります、よね？

原料もいらない。
いつでも、どこでもできる。
お金もかからない。
人の助けがなくても、ひとりでできる。

それは、考えること。

じぶんが、いちばんしたかったことを考える。
人が、なにをほしがっているか考える。
好きな人になにをしてあげられるか考える。
たのしい物語を考える。
あの人がこんなことをしてくれたらと考える。
こどものころの夢を、いまさら考える。
あきらめていたことを、掘り出して考える。
行きたい旅のことを考える。
いっそ仕事のアイディアをいくつも考える。
食べてみたい料理のことを考える。

できたら、紙と鉛筆があったほうがいいかな。
考えを書いていくと、それが貯まっていく。
いくつも貯まりはじめるとうれしくなる。
書いていくと、考えたことが残るんだ。
書いてあることをヒントにして、また考える。
毎日、こういうことをタダでできる。
（負け惜しみだけど）すばらしい日々だぜ。
（負け惜しみじゃなく）すばらしい日々になるよ。
いまだから、できるはずだ。

2020.3.24

なんとなく、
あかるい話題が
ないなーと
感じていたので、
「ハト」を付けました。

おおみそかって。
人もクルマも
消えちゃうの？
いつもの散歩道には、
だーれもいません。
たまに、同じような
散歩中の人と
わんちゃんが
歩いてます。

なにかのアイディアが生まれるときは、
いかにも重要そうな要素と、そうでもなさそうな要素が
ふわっとくっついて、「あっ」という考えが見えてくる。
だから、つまりは、「あんまりそうでもない」を、
ちゃんと持っていることが大切なんだよね。
重要そうなもの、「これだけは大事」というものと、
たいしたことなさそうな「忘れていていい」ようなもの、
両方があって「世界」の材料になっているのだからね。

安請け合いをしない、
考えてもしょうがないことを考えない、
反射的に行動しない。
ぜんぶ守ると、７割くらいらくになる。

「とても大事だし、絶対やらなきゃならない仕事」を
何度も何度もけっこう何度も、やってきている。
どうしてできたのでしょうか？　机のまわりを片付けたから？
入浴したり、昼寝したり別の仕事を済ませたりしたから？
ぜんぶちがいます。実は答えはあるのです。
簡単です、「あきらめたから」です。
やらなきゃいけないことはやるしかないとあきらめる。
あきらめることこそが、「ファイト！」なんです。

ぼくは、ずっと、けっこうたのしく働いてきたと思います。
大好きなことだからたのしかった、というわけじゃない。
つらいことでも、いやなことでも、
じぶんが納得してやってきたことなら、平気なんです。
重要なのは、好きとか嫌いとかじゃなかったんです。
「ほんとうにやめようと思ったら、やめられる」
そう思ってやっていることなら、やれるんですよね。
しかも、うまく行ったら「たのしい」も味わえるしね。
「好き」なことを仕事にしてきたかというと、
けっしてそんなことではないような気がしています。
文章書いたりすること、ぼくは好きだとは言えないもの。

上司は、まず有利な場に立っているのである。
提案されたものの「足りないところ」から考えられる。
簡単な例で言えば、「ビーフカレー」が提案されたとして、
上司は、「チキンは、どうしてやめたの？」
というようなことを言うだけでもスタートラインに着ける。
チキンはカレーのなかで最も売れているとか、
チキンはビーフより原価が低いのでいい素材を使えるとか、
ないものねだりをしているだけでも、
いかにも「弱点を補完している」かのようなことが言える。
あるいは、まだパッケージのデザインがない状態なら、
「味を開発している段階だから、まだデザインは不要か？」

なんて、いかにも先を見越したようなことも言える。
「予定されている時期の発売は、間に合うの?」だとか、
「売価の設定は、これからだっけ?」だとか、
もう、上司っていくらでも言い放題なのである。
そして、やがて仕事がうまく進行しはじめてから、
「あのときにおれが先回りして言っておいたことがさぁ」
なんて手柄めかして言うだけで、「さすがでしたね」なんて
おだてられちゃったりもするのである。
もう一度言うが、上司は有利な場でものを言っているのだ。
その事実を、よくよく、よくよく意識することが、
上司の、まずやるべき仕事だと思う。

お菓子業界では互いのお店や工場に
ご子息が修業に出ていたり、
他のお菓子屋さんの見事な製造技術について、
敬意を込めて語ってくれたりする。
「お菓子屋さんどうしは、仲がいいんですねぇ」と、
平凡な感想をつい言ってしまうぼくに、
「それぞれのお菓子が別だからいいんでしょうかね」
というような説明があった。

どんなに人気のお菓子があったとしても、
日本中の人が一社だけのお菓子を求めるはずはない。
あれも、これも、みんなあるからお菓子はたのしいのだ。
つまり、「競合して勝ち負けを繰り返して独占に至る」
というようなことがなかったというわけだ。
「お菓子で日本一になりたい」という野心を持っても、
あちこちにいくつもの「日本一」が存在してしまう。
お菓子の世界は、敵を食いつぶすことがなさそうなのだ。
これ、ずっと、なにかのヒントだと思って覚えている。

『MOTHER』をつくっているとき、その音楽をつくるとき、
ぼくたちは「世界中の人を大よろこびさせるぞ」という
若くて明るい野心を持っていたのではなかったか。
慶一くんが若いミュージシャンたちと
『MOTHER』のゲーム音楽をやるライブの観客席で、
そんなことをぼくは思っていた。
やっていることは、いまだってその続きなのだけれど、
あの野心を、ずいぶん衰えさせているかもしれない。
そう感じて、昨夜ぼくは少々だけど野心家になった。

新幹線の運転をしていた人に会ったことがあって、
たのしいですか、やっぱり、と無粋にも聞いた。

それはもう、うれしいですよ、みんなを乗せてね

と言われたとき、そうだろうなぁと感じたなぁ。
どんな仕事にも、そういうところがあるよなぁと。

クリエイティブとか、アイディアとかの正体は、
「いいこと考えたっ。」なのです。
エジソンやら、ジョブズやらが目を輝かせて言うのも、
「いいこと考えたっ。」なのでしょう。

これからは「よろしくお願いします」と言うとき、
なんとなく「ありがとう」の意味をこめて言ってみよう。
その「ありがとう」はなにかの結果に言うのでなく、
これから起こることについての「ありがとう」としてだ。
「よろしくお願いします」は、「ありがとう」の予約だ。

今日は湯河原まで「みかん収穫」の手伝いに行ってきた。
つまりは「みかん狩り」だな。
東京で仕事をしている勤め人のご夫婦が、
「みかん農家」を引き継ぐ決意をした理由が、
少しだけどわかった気がした。
つまり、みかんの山に肥料をやったり、
草取りをしたり、収穫したりをやる人がいなくなったら、
たくさんのみかんと、そのみかんの実っている木々が、
みかん山が、黙って死んでしまうのだ。
それを見たくなかったのかもしれない。

ひとつずつ、
ひとつ残らずとって、
裸にしていく。

冷蔵庫のなかに、買ったままだった干し柿があった。甘くておいしいのだけれど、甘すぎない。そして、甘さがもの足りないということもない。ちょうどいいなぁとつくづく思って、そうかそうかと思い出した。干し柿は「和菓子の職人たちが甘さの基準にしている」と、耳学問で知っていたのだった。これ以上甘かったらくどくなる、ぎりぎりの甘さだ。▼いまの時代は砂糖を惜しみなく使えるから、甘くしようと思ったら、いくらでも甘いお菓子はできる。それでも、やっぱり甘すぎになれてしまいたくはない。ぼくは、黒豆を煮たり、あんこやジャムをつくるので、甘みの「ほど」については「一般男性」より考えている。パンに塗ったり、もちと食べたりするジャムやあんこは、もっと甘くしてもいいとは思うけれど、和菓子において、干し柿の甘さが基準というのは、実に正しい気がする。たぶん、いま世に出回っているお菓子のなかでは、甘さが足りない、と思われるくらいの甘みだと思う。でも、これを基準にしておきたいと思う気持ちがないと、むやみやたらな世界になってしまうだろう。▼そうかと言って、甘いものをつくったり食べたりするとき「控えめが品がいい」だとか「ヘルシー」だとか、欲のないそぶりで向かい合うようなのは、いやなんだよな。感じるものはしっかり感じさせるのが、味というものだ。甘さを味わうことに妙な抑制はいらない。そういう意味でも、干し柿の甘さというものは、ほんとうにいい頃合いだなぁと、つくづく思う。

パンの耳が好きだ。食パンなどにおける焼き色のついた表皮の部分だ。パンの耳が好きだとは言うが、それは、耳以外の白いところが好きじゃないことを意味しない。どっちも好きであり、つまりは耳も好きなのだ。特に、一斤とかの単位で買った食パンの、両端の大きな耳をこんがりトーストして、バターを塗り、超微量の塩をふり、ジャムやはちみつを付けたサンドイッチをランチ用の紙袋に入れ、冷めたやつを食べるのはうまい。パンの耳のよさは、少し硬めの食感と軽い焦げの香りだ。しかし、それが好きだからといって、そればかりを食べさせようとされたら、ぼくは少し怒る。▼ピザの、周囲のカリッとしたところも好きだ。小麦粉の焼いて焦げたものは、それだけでうまいのだ。しかし、ピザの中心部から広がるチーズやトマトソースの乗った部分も好きに決まってる。周辺も好きだからといって、そこのところだけを、「好きなんだったら、あげます」とくれたら、少し怒る。▼焼き魚の焼けた皮も好きだ。できることならやや焦がし気味にカリッとしててほしい。ぬるっとするのは、あんまり好きじゃない。これも、皮ばかりが好きだということではないし、すべての皮を残さず食べきるつもりはない。でもね、皮がなかったらおいしくない魚もある。鮎などの川魚は、皮ごと食べるから香りもたのしめる。なんにせよ、皮だけくれるのはやめてほしいとは思う。

さつまいもを、焼きいもにして、食べる。ぼくはできるだけ皮ごと食べることにしているが、さらにそこに少々の塩を振っている。焼き立ての熱いのを濃いめの食塩水にくぐらせて、全体に塩分を行き渡らせることもするが、少々の塩を振るほうが最善。この少しの塩というものが、とてもいいのだ。▼スイカを食べるときにも、軽く塩を振りかける。塩なんかかけずに天然の甘みを味わいたまえと、ちょっと説教もされることがある。ぼくだって、塩をかけずにいた時代はあったけれど、かけるようになってからのほうが、おいしく食べている。かけずにいたときには、がまんをしていたのかもしれない。最近じゃ、ぶどうを食べるときにだって、いつもじゃないけれど、少々の塩を試してみたりする。だいたいの果物は、ほんの少しの塩で、さらにうまくなる。▼絶対に塩なんかかけないという人がいるけれど、じゃぁ、と。枝豆にも塩を振らないのかと問いかけたい。とうもろこしを蒸したり、茹でたりしたそのあとにも、塩は振らないのですかと言いたい（が、振らないのかも）。▼たしかに日本人は、過剰に塩分を摂取している。それは知っている、特にこのごろのほうが塩気が強い。それはわかっているのだけれど、たとえば、焼きいもに、たとえばスイカに、たとえば茹でた豆の類に塩をかけるのは、うまい。バタートーストだって、バタージャムトーストだって、うまい塩を軽く振ったら、それはそれでうまくなる。かならずやっているわけでもないが、ときどきやる。

競技や行事に関係すること以外、なんにもしてはいけないオリンピックで、せっかく外国から来てくれた選手団に、あんまり日本のことを知ってもらえなかったことは、残念だった。特に、日本の食べものは、ぜひ試してほしかったよねぇ。すし、天ぷらが日本食として有名だとは思うけれど、これまでも、日本の食文化に詳しい外国の人たちは、ラーメンや、お好み焼きや、とんかつなどなどの食べ歩きを盛んにしていたわけで、選手たちにも、そのあたりの大衆的なうまいものを食べさせたかった。選手村でも、それなりの融通は利かせていただろうし、餃子が大人気だというようなニュースもあったし、コンビニの食品の評価も高いとも聞いていたので、ますます「惜しかったなぁ」とも思っていた。▼そこに、とてもうれしいニュースが飛び込んできた。野球やソフトボールの試合会場にもなった福島の「桃」が選手たちに大人気だったという。あ、それはわかるわぁ、日本の桃、うまいもの！　地元で福島の桃が差し入れられたらびっくりするよ。みずみずしくて甘くて歯ざわりがよくて香り高い桃。しかも、これ「食べておいしい」ということそのものが、

「復興五輪」のテーマにもぴったりなんだよね。妙な偏見なしに「福島のおいしい桃」のことが、自国に帰ってからも土産話として語られるとしたら、こんなにうれしいことはない。素直に食べて、素直によろこんでもらえたことで、さらにスイカだとか、梨だとか、焼きそばだとか、からあげだとか、いろんなものを食べてほしくなるよ。選手がいずれ家族に「日本ハ、オイシイモノガ、イッパイ食ベラレルカラ、ミンナデ行コウカ」とか言ってもらえるようになるといいなぁ。

いちご、おいしいね。おいしいだけじゃなく、あざやかで愛嬌がある。甘いのはもちろんだけれど、酸っぱさもしっかりある。高いのを買ったら高いけど、特売で安くも買える。▼いまは台湾のパイナップルがやってくるのを待っている。おいしいことは知っていたので、食べるしかない。ネット通販で申し込んだから、やがて届くだろう。▼この冬は、幡野広志さんが紹介してくれた「紅まどんな」をはじめ、みかんをたくさん食べた。「やすよんのみかん山」にもみかん狩りに行ったしね。みかん狩りが、よっぽどたのしかったのだろうか、娘の娘はいまでも「みかんがり！」と叫んでいる。▼桜が咲いた後には、さくらんぼも出てくるだろうし、そうこうしているうちにスイカも出回るようになる。もちろん、桃だってだまっちゃいないに決まってる。さらには、梨が、ぶどうが追いかけてくるよなぁ。おっと柿のことを忘れるところだったぜ。そういう流れとまた別に、メロン、マンゴーもあるよ。▼花見だ紅葉だ雪見だというのは、目の四季だけれど、くだものをたのしむのは、口の四季だよね。ただの食いしんぼうというより、季節ごとの趣を、しみじみ受けとめる風流な人たちと、言われてもいいね。

1パックに4個しか
入りきれなかった
スカイベリー。
りんごを齧るように
3つ続けて食べた。
こんなことは、
もう一生ないかもしれない。

けんがく。

どうせもらえないけど、
見学のために
椅子に乗りました。
カツオのたたきの
揚げニンニクは、
特に絶対にもらえません。

まんがみたい。

思うんですけど、
ブイコって、ときどき
「マンガみたい」
な顔してます。
いや、わるいことじゃ
ないんですけど。

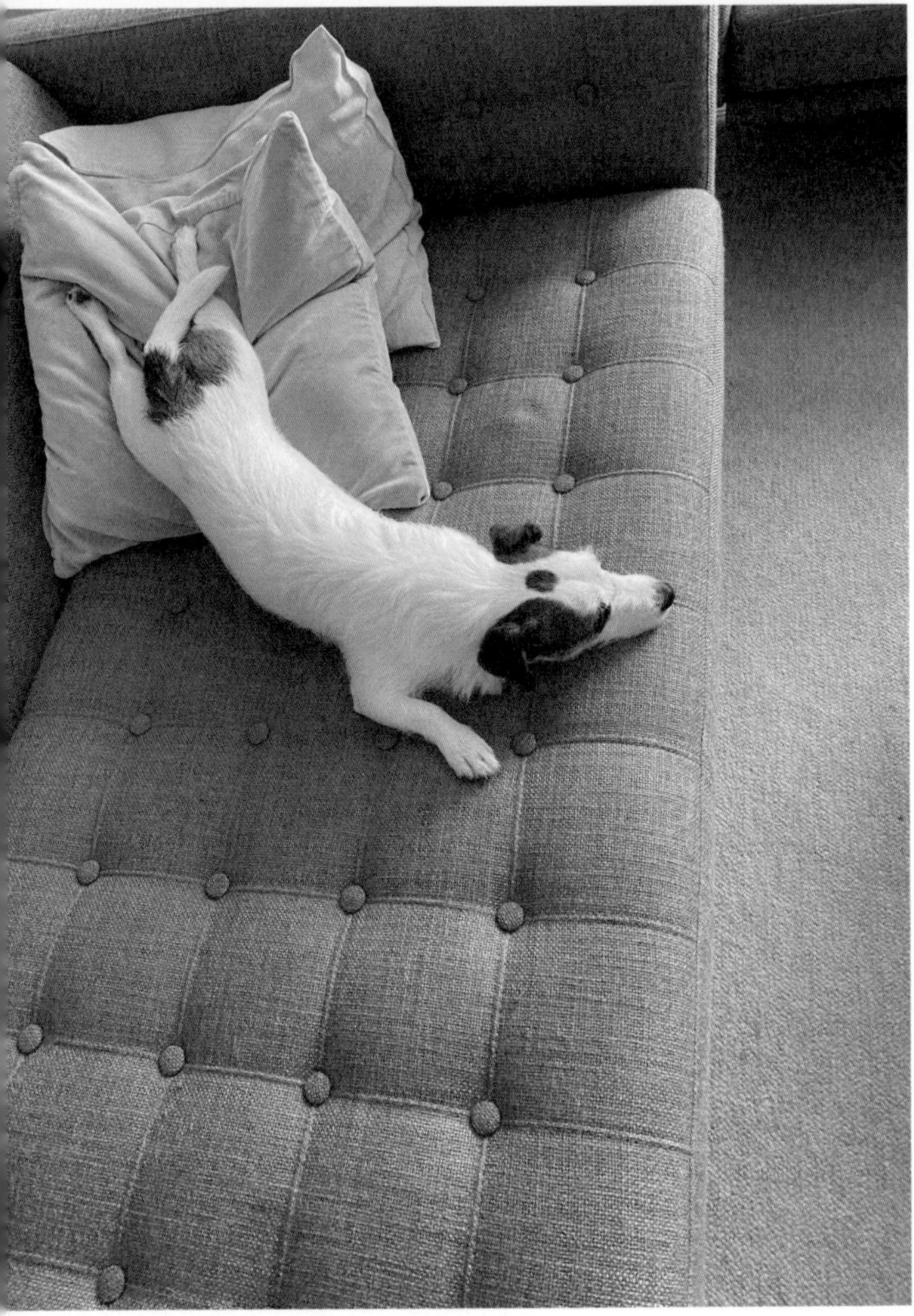

やわらかさ。

ブイコは、からだが
やわらかいです。
ブイヨンは筋肉質で、
もっと硬かった。
で、毛は、ブイコ、
あんがい硬いです。
長さも長いんだけど、
以外と硬い。
あと、考え方も
硬い気がします。
それは、ブイヨンも
そうだったけど。

ぼくは、公式の場というものがとても苦手です。
社会的に偉かった方のお葬式とか、
なにかの立派な表彰式だとかの場だとか、
どういうふうにいればいいのか、見当もつかないのです。
謙虚にしていればいい、だけでもないんですよね。
背筋をまっすぐにとか、にやにやしてはいけないとか、
いくつもの「あるべき姿」というものがあるでしょう?
そこらへん、絶対に、ぼくには無理です。
だって、そういうふうに生きてきてないんだから。
この問題については、ずっと悩んでいたのです。

しかし、数年前、ひとつの術を編み出しました。
じぶんが「バラク・オバマ」であると思いこむのです。
真実は、ぼくも他人もよく知っていることですが、
絶対に「オバマ」ではありませんっ。
が、ぼくの脳内だけで、ぼくは「オバマ」であるのです。
合衆国大統領のような公的な立場でありながら、
気さくな人間味のある印象を漂わせている人。
思想信条のことは考えないことにして、
居方、態度だけオバマはんから借りてくるのです。
他の人たちには、おそらく気づかれてないはずです。
ぼくが、オバマになっているなんて考えもしないです。

イラスト＝和田ラヂヲ

1年前の春には、「秋になればできるよな」と、
祈るような気持ちで準備を続けてもいた。
しかし、夏も秋も、冬も、もう一度の春も、
人の集まるようなうれしいことはできないままである。
こうやって長いこと、何度もあきらめて過ごしていると、
みんなで集まるとか遊ぶとか、なんなら騒ぐとか、
考えるだけでもいけないような気にさせられてしまう。
もっとなんにも知らないときには、
「夏には」とか「秋になったら」とか考えられたけど、
いまは、だれもそういうことを言わなくなっている。
計画が外れたら、みんなに迷惑をかけることになる、
だから、計画やら準備はとにかく慎重にというわけだ。
そうこうしているうち、現実的に対応しなきゃと、
「集まらないやり方」ばかりを考えるようになる。

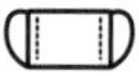

2021.4.10

クリスマスプレゼントをたのしみにする子どもが、
夏の、まだセミの声が聞こえるころから、
「サンタさん、もうじき来るかなぁ」と言ってたりする。
現実的でないし、無駄に思えるかもしれないが、
たのしみにするこころが「希望」なんだよなぁ。
いつごろになったらのびのびとみんなで集まれたり、
抱き合ったりできるのか、予想が当たっても外れても、
そんなことは、どっちだっていいよ。
ぼくらは、ほんとは「会いたいね」という気持ちを、
いつになるかわからなくても忘れちゃいけないんだ。
「うれしいことを待つ」から先に考えなきゃね！

気がついたのだけれど、去年どころか、
一昨年の暮れぐらいから、ずっと風邪ひいてないよ。
あしかけで言ったら三年だよ、風邪ひいてない。
もちろんインフルエンザも罹ってない。
新型コロナウイルス対策ということで、
三密を回避して、手洗いを頻繁にして、マスクして、
ということを続けていると、それにともなって、
平凡な風邪やインフルエンザにも罹らないんだね。
得しちゃった、という気持ちも、ちょっとあるね。
ただ、ちょっとだけでも調子がわるくなると、
「来たか、コロナ？」とその疑いを持つことになるので、
そこで神経をつかうのはうれしくないよなぁ。

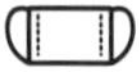

2021.5.15

コロナ的な時間、コロナ的な環境、コロナ的な思考を、
ぼくらずっと練習してきちゃってるじゃない？
おかげで、コロナ的な生き方が上手になってるんだよね。
これ、いまはいいけど、ちがうぞと言いたいんだ。
いまの「コロナに慣れちゃってる時間」が異常なんだぞ。
これを機会にしていい方向が見えることもあるだろうが、
コロナを前提に生きていく世界は、まず終わるんだからね。
そのときは、そう遠くない将来にくるんだからね。
未来を生きるみんなよ、コロナに慣れすぎちゃダメだよっ。

2021.7.18

まぁ、師走の忙しいときなのは重々しょうちの上だが、ここは言っとかないといけないと思ってね。そこに、座りなさい。落ち着いて。きょろきょろするんじゃありませんよ。ほら、そうやって誰彼かまわずくっつこうとする。そういう態度が、みなさんに嫌がられてるんですからね。だいたい、おまえさんというものは、新入りというか、まだ生まれたてだっていうじゃありませんか。そのわりには、ずいぶんとあちこちで評判を聞きますよ。「はい、うれしいです」って、あーたはうれしくても、世間のみなさんはうれしくないんだ。あなたががんばると、みんなが迷惑するんですからね。とにかく、なんですか、広がるのがやたらに得意で、あんがい力は弱いらしいってことも聞いてますけどね。だからいいってわけじゃぁないんだ。年の瀬に、せっかく街の賑わいも出てきたところですよ。はっぴーくりすますだ、よいおとしをだと、みんながほっとしてるところですよ。

もうしわけないとは思わないんですか、あなたたちには聞いてるのか、オミクロンさん。もう二年もです、おまえさんたちの仲間には、ほとほと手を焼いてきたんだ。ついこの前までは、なんですかデルタですか、ずいぶんと乱暴なやつが暴れててね。ずいぶんなことをしてくれやがりましたよ。心底たいへんなことになってたんだ。やっと、そういうのをなんとかさせてきたところです。そこにですよ、なーにがオミのなにがクロンですか！ いや、怒らないから、怒らないから、言うことを聞いて。この日本に来るなと言っても、どうせ来るんだろうけど、お願いですから、そろそろ消えてくれまいか。ほんとに頼む、頼みます、土下座でもなんでもするから、ここはひとつ、だまって消えてほしいんですよ。これまで、こんなに長い間、ワクチンして、マスクして、人に会わないようにして窓から風入れて我慢してきたんだ。来年そうそうには、いなくなってくださいよ、ほんとに！

みなさんの代わりに、オミクロンに説教しておきましたから。

昨日は、移転する
「神田　錦町」の
あたりに行ってきた。
町会長さんにご挨拶したり、
地元のパンダに
乗せてもらったり。

明日から、渋谷パルコ
「ほぼ日曜日」ではじまる
「ア・メリカさんの描いた
MOTHERの絵」会場。
設営中の陣中見舞い。

「おもしろい」と「かっこいい」と「かわいい」。
この３つのことを、どう感じたり思ったり考えているか、
これでその人のことがかなり見えてくる。

文章というのは、書く人がつくっている道です。
書く人がつくった道を、読む人が歩きます。
書く人、道をつくっている人は、
読む人とは別の時間、別の場所にいますから、
読む人が、どんなふうに歩いてくれるかわかりません。
でも、こんな道をつくっておいたら、
読む人がどんなふうにたのしんでくれるかなとか、
道に迷ったり歩くのをやめずに進んでくれるかなとか、
想像しながら道をつくっているはずです。
なにかを書く人と、それを読む人は、別々にいます。
見えない道で、たがいが見えないまま出会うんですよね。
これがうまくいったら、とてもうれしいことです。

依存と、甘えと、癒やしと、安らぎと、信頼。
一見、ちがったことに思えて、
ほんとうはつながっているのではないか。
ひとつの道の、止まる場所がちがうだけかもしれない。

「人生にもリセットボタンはある」んじゃない？
それが、どういうものなのかは、いろいろでしょう。
引っ越すだとか、組織を抜けるとか、別れるとか、
止めるとか、引き返すとか、時と場合でいろいろです。
リセットボタンもついているのが、ゲーム機です。
そして、リセットの権利があるのが人生だと思うのです。
うまいプレイヤーで、リセットボタンを押さない人は、
たぶん、ほとんどいないんじゃないかなぁ。
やり直してもいいルールなのだから、やり直してもいい。
ただそれだけのことなのだと思います。

朱に交われば赤くなる。
類は友を呼ぶ。
同じ穴のムジナ。
同じ羽の鳥は群れる。
似た者同士。
牛は牛連れ、馬は馬連れ。
習うより慣れろ。

思いつくままに、いくつかあげてみましたが、
これ、みんな似たようなことを言ってます。
もうひとつ加えるなら「もらい泣き」ね。

すべて、「ミラーニューロンのせいじゃない?」
ということを言っているのです。

「ミラーニューロン」を、シロウトなりに説明すれば、
じぶんのことでないなにかを見て、それを、
（鏡のように）じぶんのこととして感じる神経細胞。
まさしく「もらい泣き」は典型的な例だと思うんです。

スポーツの練習なんかでも、技術の高い集団にいて、
周囲のじょうずな人たちのようすをいつも見ていると、
うまく上達に結びつくと言われています。
いっしょにいる機会、時間、の多い人どうしは、
無意識で、たがいの感情に共鳴したり、
また意識的にも影響しあったりして似てきます。

ぼくが脳内に持ってる鏡（ミラー）に映ったものが、
やがては、ぼくになっていくと思えば、なるほどです。
そうやって、ぼくもあなたもつくられてきたのかもね。

本はすでにそこに「ある」んだ、そして、黙ってるんだ。
「おい、それはちがうぞ」とか「もっと、こうだよ」とか
まったく言うことはない、書いてあること以外言わない。
読み手、受け手が迎えにいったことだけが得られる。
受ける側から「学びにいった」ぶんだけが経験になる。
誤読も曲解も含め、本は読み手に注意のひとつもしない。
それなのに、本がどれだけの人にものを伝えたろうか。

1　一日、どんないいことがあったか。無理にでも探して手帳に書く。

2　だんだんいいことの探し方がじょうずになる。

3　そして、いいことのつくり方がわかってくる。

文章には、文体というものがあって、
それは服装やしぐさなどのような
「姿かたち」のことだというふうに思っている。
文体の英語は「スタイル」というくらいだから、
「姿かたち」であるという考え方は、わるくはない。
どこかで、だれかの書いた文章を読んで、
「かっこいいなぁ」と、まねしてみたくなったとしたら、
それは、主題だとか内容だとかよりも
文体に惹かれたということなのだと思う。

正直なことを言うけれど、書き手としてのぼくは、
いまは文体というものについてあきらめている。
ほんとうは、しっかりと「姿かたち」を意識して、
人からも、じぶんからも「かっこいいなぁ」と
憧れられるような表現ができればうれしいのだけれど、
それを意識していると、いまのじぶんのやるべき仕事から

離れてしまうしかないように思っている。

でもね、あんまり「スタイル」がかっこわるいと、読む気にさせられないというか、
なにが書いてあるかについても無視されてしまうだろう。
魅力というのは、やっぱり、「姿かたち」にあるので、
どれほど根性の据わった内容であっても、
文体がだめだったらほとんど価値もなくなってしまう。

ここまで書いたことは、実は、この文章を書くための「まえがき」のようなつもりだった。
ぼくは、漫画家でエッセイストの東海林さだおや、
作家の太宰治や、野坂昭如や、伊丹十三の文体を、
二十歳のころに「かっこいいなぁ」と思って、
ちょっとまねしようとしていた。
というようなことを書くつもりだったのである。

ついに！

起き抜けのおとうさんに、
激しく歯を見せて、
ぴょんぴょん
飛びつくところ。
写真に写りそうだと
気づくと、
すぐやめてしまう
のでしたが、
ついに、撮影に
成功しました。

このいえの、どこでも。

ブイコのベッドとか、
いろいろあるには
あるけれど、
ほんとうは、
この家のすべての場所が
わたしの場所なのよ。
知ってるわ。

岩田（聡）さんの命日に合わせて、
お墓参りに来ました。
宮本（茂）さんがクルマで迎えに来てくれて、
豪雨のなかをお寺に向かいました。

お寺の駐車場でしばらく
雨が小降りになるのを待って、
「もう大丈夫だね」と
お墓の前に立ったときには、
すっかり晴れてお線香も雨で消えずに、
ゆったりと煙を立ちのぼらせていました。
お花を供えて、しばらくお墓の前にいました。

自撮りの設定にして、墓碑を真ん中に、
宮本さんとぼくと岩田さんのお墓とで
写真を撮りました。
ずいぶん老けてはいるけれど
高校生のような気分でした。

それから、積もる話もいろいろあるし、
雨もすっかり止んで、
いくつかの場所に立寄って、
岩田さんも大好きだったお店で
食事をしました。

ぼくも、宮本さんも、岩田さんも
お酒を飲まないので、
ノンアルコールのビールとかお茶とかです。
京都の家によく岩田さんが遊びに来ると、
お酒もなしに
何時間でもしゃべっていたのですが、
この日も、宮本さんとそれをしました。
そろそろ切りあげようと店を出て、
ホテルまで送ってもらって、
別れたときには、6時間も経っていました。

なんだろう、岩田さんは、そこにいました。
ぼくのふだんの暮らしのなかにも、
宮本さんの日々のなかにも、
あきらかに岩田さんがいます。
昔は、そんな言い方を
ひとつの比喩だと思ってましたが、
ほんとにいるんですよ、
亡くなった人なんだけど。

久しぶりの気仙沼、いいなぁ、やっぱり。
大島にかかる橋ができたり、
仙台への高速が開通したり、
ＮＨＫの朝ドラの舞台になったり、
みんながわくわくするようなことがたくさんあって、
街にずいぶんと活気がある感じ。

今回は、みんなで集まって
思い出を語り合おうの集い。
いままでずっと、とにかく前ばかり向いていて、
なるべく過去を振り返らないでいようと
していたけれど、
もう10年以上にもなるし、そろそろ思い出を
語ってもいいんじゃないかい、
という夜を過ごした。

「震災から、ここまでで
いちばん思い出に残っている日」を
みんなして話してみようということになった。
だけど、あの震災そのものを
語る人はいなかったのだ。
もちろん、深い記憶の中にはあるけれど、
それより、
いくつもあるんだけどと言いながら、
「うれしかった日」のほうを、
みんなが話したがった。

「あの日だよねぇ」と
だれかが思った日のことに、
他のだれかが
「ああ、あの日、あの日」とつながる。

そういうなかに、
たまにぼくの思い出も重なったりして、
なんだかずいぶんとうれしいことを
たくさん聞いた。

「じぶんたちがなにかをしてもらうだけでなく、
だれかのために、じぶんたちがなにかをする」
ここに集まった気仙沼のなかまたちは、
ほんとに、そういうことがしたくて

生きている人たちだ。
なんつーか、ぼくが神様だったら（ごめん）、
もう、「この人たちに幸いあれ！」と
杖を振るだろうよ。

「そりゃ、つらいこともあったけど、一度でも
じぶんたちのことをかわいそうだと
思ったことはないよ」
と、それはみんなが自信を持って言っていた。
ぼくの目にも、それはそうだと、
ずっと見えていたさ。
気仙沼、きっと、
もっともっとおもしろい街になって行くよ。

いまは地元民みたいな顔をしているぼくだけど、
最初に神田に来たのはやっぱり古書店だった。
18歳、飯田橋にある大学に入ったばかりのころだ。
高校時代の先生に借りた本を電車に置き忘れてしまって、
紛失届を出しても見つからず、大変なことだと困っていた。
神田の古書店に行けばあるのではないかということで、
それを探しに来たのがはじめてだったと思う。
まだ東京の地図も頭に入ってなかったから、
いまで言うJRの神田駅で降りてしまって、
神保町の書店街まで迷いながらずいぶん歩いた。
結局、探していた本は見つからなくて、

それを貸してくれた先生も「気にしなくていい」と、
とてもやさしく許してくれたという結果になるのだけれど、
それからも神田にくる用事は本のことばかりで、
しかも、本をバッグに詰めて運んできて、
それを売ってお金をつくるという目的が多かった。
それほど自由に本が買えるわけではなかったから、
せっかく買って読んだ本を売るのは、なかなか悲しかった。
本を売って少しのお金をつくって、
そのお金でまた本を買って帰ったりもしていた。
神田で、あの時代のぼくに会ったら、
なにかうまいものでも食わせてやりたいものだな。

「ほぼ日」の
屋上に、
ちょっと行ってみた。

とまる。

おいおい。
線路の上でいやいやえんは、
ちょっと困ります、かね。
いえ、そうでもないです。

「思ったことはどんどん言うべき文化」というものがある。おそらく、これは「民主主義」ぐらいの感じで、考え方としての共感を呼びやすい考えなのだと思う。▼「思ったことはどんどん言うべき文化」の逆は、「思ったことをどんどん言わない文化」ということかな。これは、共感どころか最悪だという評価になるだろう。たぶん、「思ったことをどんどん言わない文化」が、「できることをできなくさせてしまう」だったり、「言いたいことも言えない空気」を醸成してしまったり、「いつまでも古いしきたり」が残ってる状態にしたり、「泣き寝入り」や「ヒエラルキーの固定」を肯定してしまうことになる、と考えられてしまうだろう。▼しかし、あえて冒険的にワタシは言ってみよう。恋人なり奥様なりご主人なりを相手にして、「思ったことはどんどん言うべき文化」に則って、思ったことをどんどん言い合って、結果的に幸福になった人はどれくらいいるだろうか。おそらく、「言うんじゃなかった」と後悔している人も、想像以上に多いのではないかと、ワタシは思っている。企業や、団体、組織などにおいて、強く「思ったことはどんどん言うべき文化」の人が、思ったことをどんどん言う場面をつくりだして、ものごとがほんとうにうまくいったことが、どれくらいあるのだろうかと、ワタシは疑っている。▼ワタシは、「思ったことはどんどん言う文化」による一定のよい効果も認めてはいるのである。ただ、「言う」については、「やさしくね」と言いたいのだ。あるいは、相手や周囲に「敬意」もよろしくね、と。「やさしく」や「敬意」がじゃまになって、思ったことが思ったように言えなくなるとしたら、それはそこからあらためて考えようよ、と言いたいのだ。「俺は口が悪いからさ」だとか、「わたしは言いたいことはハッキリ言う人だから」とか、さっぱりした善人みたいな言い方で、じぶんに甘くするのも、やや反則じゃないかい、と。以上、やさしく（!）思ったことを言ってみました。▼だれかに言ってるんじゃなくて。そういう文化に言ったの。

酒を飲めないというか、飲まないというか、生活のなかに酒のないワタクシなのですが、なぜか、「酒の文化」みたいなものが好きです。▼まずは、酒のことを歌っている歌が好きです。「忘れてしまいたいことや」ではじまる河島英五の『酒と泪と男と女』は、何度歌ったことでしょう。「飲ませてくださいもう少し」と歌い出す『氷雨』なんかも、ひとりでいい気分で歌います。吉幾三のつくった、ずばり『酒よ』の最初は、「涙には幾つもの想い出がある」です。三曲とも、忘れてしまうことができないので、酒の力を借りて、忘れてしまいたい。しかし、思い出が酒で消えるものではない。そういうふうなことが歌われています。▼酒のつまみも、好きです。これも、どうしてだか説明もつかないのです。小さいころから酒の肴が好きだったもので、「将来は酒飲みになるよぉ」と予言されていました。酒がなかったら酒のつまみもなかったわけで、まさしく「酒の文化」をつまませていただいています。▼と、ここまで書いてきて、気づいちゃった。歌とつまみとふたつ並べたけれど、「酒の文化」が好きというほどのもんじゃなかったわ。若い頃はともかく、いまは酒場に行く機会もないし、酔っぱらいのめんどくささは、ただめんどくさいだけで、酒の蘊蓄やら酒器やらも、たいして興味もなかったです。▼ごめんなさいね、酒好きの皆さん、歌とつまみだけいただいちゃって。「飲んで飲んで飲まれて飲んで」なんて、シラフの下戸のワタクシなんかが歌っててごめんなさい。酒飲まないやつは、これだから困るんですよねぇ。なんで、「酒の文化」みたいなものが好きだとか、言い出しちゃったんだろう、まったく。ちょっと酔っぱらっていたのかな?

中国で、恐竜の足跡の化石が発見されて、それに「エウブロンテス・ノビタイ」と名前が付けられた。これは「ドラえもん」ののび太くんにちなんだ名だという。だれもが知っているとおり、のび太くんも、ドラえもんも、創作上の登場人物とロボットで、現実にいるわけじゃない。だけど、そういえば、発見された恐竜についても、そうだ。見つけられたのは恐竜の骨や歯ではなく「足跡」なのだ。恐竜が歩いた足の跡なのであって、やつは、そこにいない。▼のび太くんは、現実にはいない人なのだけれど、中国の研究者のこころのなかに生きていて、1億2500万年も昔にいた恐竜の名前になった。そして、当の「ノビタイ」と名付けられた恐竜も、まだ詳しいことはわかっていないままに、人びとのこころのなかで姿かたちを得て、イメージを残す。どちらも「本体」はないままに、そこにいるということだ。そして、それはそれで生きている、存在するというわけだ。▼人も、同じようなものだとぼくは思っている。世界と人は、型と粘土のような関係で、生きている間は、その人のいる分だけ、空間に穴が空いているとも言える。その人が死んでいなくなっても、しばらく型は残る。人びとが憶えているかぎりは、その人は凹みとして残る。ほんとうに人が死ぬのは、生物としての死の後で、だれもがその人を忘れてしまったときだという。なんだか、そのことがとてもよくわかるような歳になった。恐竜「ノビタイ」は、すべて忘れられて死んだはずだが、なんとまぁ、土が凹みとして記憶していたんだなぁ。▼夏が近づくと、毎年のように亡くなった人のことを思う。あの人やあの人、ぼくのなかではまだ生きていて、会おうと思えば好きなときに会える気がする。つまりそれは、ぼくが恐竜にとっての土でさ、彼のつけた凹みが足跡として残ってるとも言えるんだね。そんなことを想像すると、まだ本体として生きている人は、どすどす足を動かして、あちこちに足跡つけるのがいいね。意味なんかなくてもね、遠くや近くで、走ったり踊ったり、人に会ったり、話したり、いっしょになにかしたり。

連続ドラマというのは、「時間食い」です。これを見ている時間をぜんぶ足したら、すごいですよー。家中の大掃除が10回や20回できるんじゃないかな。でも、ドラマ好きというか、ドラマ視聴の玄人になると、これを、いくらでもこなせているようなんですよね。「あれ、見ました。それ見てました」と、ぜんぶ見てる。そんなことが、人間業として可能なのかと問うと、「けっこう抜いて見てるんですよ」という答えなんです。気を抜いてとか、他の用事をしながらという意味らしい。ひどいときはマンガ読みながらドラマも見られるって。▼これは、ぼくにはできそうもないなぁ、1秒、1分抜いてたら、そこでなにが起こるか心配だし。そういうようなことを言ってたら、別の野球好きな男が説明に入ってきてくれた。▼「イトイさん、球場で試合中にトイレに行ったり、昔だったらタバコを吸いに席を外したりするでしょう?」ああ、それはするする、してたしてた。「その間に、なにが起こるかわからないのに、席を立ったりできるのは、野球の見方を知ってるから。見てない間にすごいことが起こらなそうな時間を、ある程度判断してトイレに行くようにしているし、席を外してる間にすっごい事件が起こっても、それもあるなぁと、あきらめがついてるでしょう」すごい説明だなぁ、ほんとにそうですからね。1秒1分を見逃すまいとして何時間も過ごしていたら、そりゃぁ、くたびれてしょうがないですよね。▼実際、ぼくは、それに近い見方をしていたんだけど、そこまですべてを懸けて、ドラマや野球に付き合うのはほんとはおかしいかもしれないです。野球場でトイレに行ったり弁当を買いに行ったりする。そういう「判断」が、人間には大切なんだぞ、オレよ。

思えば、漫才のスタイルというのは、なにかを語るのにとても都合がいいような気がする。「一人トーク」は、客席に向かってなにかを言う。そこでは「言いたいこと」の受け手は「客席」になる。内容については、すべてトークする本人の責任である。▼しかし漫才の場合、「言いたいこと」は、同じチームの仲間である「相方」に向かって語られる。ここでは、常識に外れたことであるとか、言いにくいことなどは、仲間内での自由な意見である。ツッコミ役の「相方」のほうはそれを受けて、「それは言い過ぎである」というようなことを指摘する。つまり最初に言った非常識な内容（ボケ）については、チームの総意として認められないぞ、と忠告するのだ。こうしているから、漫才は「常識」と「非常識」の両方を伝えることができることになるわけだ。▼漫才のやり方とはちがうけれど、ソクラテスのことばを、プラトンが記録するとか、イエス・キリストのことばを、使徒たちが伝えるとか、親鸞のことばを、蓮如が書き記すとか、「言った本人」が直接に受け手に伝えるのではなく、いったん書き手の編集を通過するという表現方法も、「言いたいこと」がある程度加工されているはずだ。おかげで見ず知らずのイエスや親鸞に言われる以上に、親しく耳に入ってくるという効果もあるようにも思える。▼インターネットが広がって、だれもが「言いたいこと」を言えるようになると、「言った本人」と「読む個人」が直接につながる。ある人の声が、だれかの鼓膜に直接語りかけるのだ。常識的であろうが非常識的であろうが、直に、である。これは、さすがに刺激が強いよねー。「言い過ぎだよ」という相方のツッコミもない。「チェックなしの言いたいこと」の受け手はつらい。これでは、簡単に荒れるのも当然だと思うよね。▼どうすればいいのか、答えがあるわけじゃないけど、「ひとり漫才」的な想像力を鍛えるってことかなぁ。

あなたが奥方（旦那）に、「ちょっといいこと」を勧めるとき、あまり気乗りしないようすで、結果的には、まったく無視されるというようなことはないだろうか。▼たとえば、「納豆をかきまぜる回数」のことだとか。あるいはまた、「一見ふつうだけど実はうまい蕎麦屋」のことだとか、些細といえば些細なことだ。しかし、ある日、奥方（旦那）が、（以前、あなたが言ったように）納豆をかきまぜている。また（以前、あなたが行こうと誘った）蕎麦屋に行って、とてもおいしかったという報告をしている！▼なんでなんだよ、おれが（わたしが）言ったじゃないか。友人の何某さん、テレビ司会者の誰其さんが言ったら、そんなに素直に従うのかい、と、あなたは思うであろう。そうなのだ。従うのだ。あなたには従わないけれど。▼というようなことは、みんなが経験していることだろう。ぼくなんかの場合だと、「イトイが言ったらそんなに素直にきくのかい」と言われる側に立つこともある。逆に、うちの愛妻さまなどは、ぼくが言うことは、とにかく、まず聞きゃぁしない。どっちの場合も、逆のケースもないわけじゃないが、おおむね、近すぎる人の意見は粗末に扱われるのである。▼これを、ぼくは「距離の問題」と考えていて、ある意味、普遍的な法則として扱うことにしている。「なになにをするには、これくらいの距離が適切である」ということは、どういう領域にも存在するのである。シャベルでごはんは盛り付けないというようなことだ。

たぶん、あのはな。

あのね、ブイコ。
これは、たぶん
誰かが植えた
向日葵だと思うんだよね。
やがて大きな花が咲くのを、
見守ろうじゃないか。

ひまわり。

あのひまわり、
花がこんなに大きくなった。
夏は必ず来ることでしょう。

がんばった。

おとうさん、ブイコ、
がんばった。
墓地の通りを、
ちゃんと歩いた。
長距離コースを、
しっかりと。
つかれた、かも。

いきはぐずぐず。
雨はやんでよかったのですが、
散歩をよろこんではいません。
でも、嫌いなわけでは
ありません。
特に帰り道を歩くのは
大好きです。

十一月には、「七五三」があります。
七歳、五歳、三歳のお祝いです。
考えました、新しいお祝い。「七五三十五」です。
七歳、五歳、三十五歳を祝います。
覚えやすいし、大人になるたのしみもある。

加湿器の水タンクに満タンにしてセットすると、
その途端にごぼごぼごぼと飲み込まれてしまう。
せっかく満タンにしたのにといつも悔しい思いをする。
たまに余裕のあるときには、タンクをセットする前に、
コップに入れて運んだ水をあらかじめ加湿器に飲ませておく。

耳だとか鼻だとかの性能も含めても、
他の動物より人間でよかったと思うことは多いが、
肛門のことだけは犬のほうがよくできていて、いいなぁ。
ただし肛門腺はいらない。

#誰に言うのでもなく
ジョン・レノン
「マザーーーーーーーーッッ
ぼくじょう〜〜〜
牛がいるぅうう」

「チリは長いが意外と太い」
座右の銘にしてもいいんだよ。

#誰に言うのでもなく
**卵白秀吉。**

あたしのこころは、荒波にもまれるタコの赤ちゃんのよう。

『さみしさのかたまり』

J.D.Journey

欲望のような姿かたちをしているものが、
実は、さみしさのかたまりだったなんてことも
あるんじゃないかい。
わたしの恋人よ。

ぼくらにんげんは、しばしば
欲望のようなものに
突き動かされたりするものだ。

欲望とは、求めるもの、求めること、
求めることとそのもののベクトル。
手をのばしているのだ、
届くかぎりと願いながら。
その先がだれだってなんだって、
構いやしないとさえ思いながら、
手をのばす、飛びつく、貪ろうとする。

しかし、その手をのばした理由は、
つかまりたくてしょうがないということ、
そうだ、そうだったのかもしれない。
得たいというのではなく、
わたしの側に足りないがまずあったのだ。

足りないもの、
ここにある空っぽ。
満たされようのない虚ろ。
生まれてきたことそのものの不安定。
もともとのはじまりがさみしさなので、
そのまま求めないではいられない。

というような英語の歌を翻訳した。
たまには、そういうことをしていてもいい。
もうひとつ、カエルの王のことを歌った曲もあるが、
そっちは、また時間のできたときにやってみる。
以上、ぜんぶ、うそなんだけどね。

さみしいけどきれい。

ご近所への犬の散歩は、
この先も大丈夫そうなので、
おそるおそる
桜の咲く方面に。
散歩の人が
少し歩いているだけでした。

そとをみる。

雨の日でも、外はいいな。
散歩は好きじゃないけど、
外に出たり、外を見たりは、
大好きなんです。
おかあさんも付き合って
くれました。

わりとなかよし。

ブイコは、
おかあさんの家来だけど、
おとうさんとも、
なかよしだよね。
ま、家来どうし、
ということで。
なかよくやって
いこうじゃないの。

ちんまり。

おかあさんと
ごろごろするときは、
女どうしっていうか、
おだやかにね、
そっとねんねしてるのよね。
おとうさんのときとは、
ちがうの。

あ、いなかった。

じぶんのベッドで
寝てるかと思ったら、
もう、寝室に移動してたんだね。
そっか、気がつかなかった。

ブルーインパルスは帰ったけど、
釣り好きにはたまらない
バスが現れました
(クエにも見えるけど)。

「わたしの世界」とは、
「わたしのことばの世界」である。

たとえば、30歳になったら40歳までの、
40歳になったら50歳までの、先の、未来への10年を、
いつでも「いままでよりおもしろい変化がある」と、
そんなふうにとらえられていたら、それはなによりだ。
正直、ぼくはこの先の10年間をたのしみにしてるよ。
過去は、いちいち終わったもの。この先が、すごいんだよ。

道端どころか、土もろくにないような石垣の隙間とか、
とんでもないところに花が咲いてることがあるよね。
よくこんなところで育つものだ、と人は思うけれど、
草花は「こんなところ」であるかどうかには無頓着だ。
あらためて思うと、すごいことだ。
「生きる気しかない」ということなのだもの。
おそらく雑草ばかりじゃないだろう、
草や木は、あきらめるとか、がっかりするとかがない。

植物ばかりでなく人間以外のほとんどの生きものって、
「生きる気しかない」のではないだろうか。
そうだよきっと、自然って、もともと、
「生きる」がテーマでそれしかないものなんだよ。
よく考えてみたら、人間の赤ん坊だって、

「もうだめだ」とか「生きる気がしない」とか言わない。
泣いていても、ひもじくても、生きるつもりで生きている。
そうとうに過酷な状況のなかにいても、きっと、
いのちを失うその直前まで「生きる気しかない」んだろう。

ふと、そう思いついたときに、
すごいなぁ、と、つくづくすごいことだと感じた。
生きものの前提が「生きる」なのだ。
むろん、「いつか死ぬ」こともほんとうなのだけれど、
それまではずっと「生きる気しかない」ものなのだ。
これこそが「始原のルール」なのだとも言える。
そう思って、自然のなかの生きものたちを見ると、
一途に「生きる」つもりで生きているなぁとわかる。

未来にいる「わたし」が、
いまの「わたし」に感謝しているとしたら、
なにに対してありがとうと言っているのだろうか。
それが、いま「できること」だ、それを考えよう。

「飽きたら気づく」ということが重要なのだ。
じぶんで、じぶんの「飽き」に先に気づかなかったら、
人はそんなこと教えてくれないからね。
で、飽きに気づいたらどうするかは、じぶんで考える。

人は「じぶんで決めていいこと」をたくさん持っている。
朝食になにを食べようが、朝食を食べなかろうが、
じぶんで決めていいし、だれにことわることでもない。
映画を観ようと思ったとき、どれだけ不人気な作品でも、
あきれるほどのヒット作でも、観ればいいだけのことだ。
だれかが「え、あんなの観たの？」とかバカにしようが、
そんなのは知ったことじゃない。
コストパフォーマンス的に「お得」なランチを食べようが、
量も少なくて妙に値段の高いランチを食べようが、
だれに申し訳ないこともないし、まちがったことではない。
どういう人を好きになろうが、それが、
好きになってもうまくいかない相手だろうが、

それは「じぶんで決めていいこと」のひとつである。
正解がどっちなんてことは、たいしたことじゃない。

「じぶんで決めていいこと」がいっぱいあるのに、
「みんなはなにを選んでいるのか？」とか、
「世間で正しいと言われているのはどれか？」だとか、
「じぶんで決めたことが正しくなかったら困る」だとか、
うじうじと考えすぎているうちに、
「じぶんで決めていいこと」がすり抜けて減っていく。
じぶんで決めなくてもいいのは、楽なのかもしれないが、
正解ばかりを気にしているのも、けっこう辛いものだ。

買えないものをじっくり見たり、それについて
すっごく詳しくなったりするのって若い時代の特権です。
買えないものがあることって、すごく大事な気がする。
じぶんのものにはなってくれない、すばらしいもの。
それが与えてくれるものって、すっごく大きいんです。

安全か、安心か、確実か、困難か、これは冒険なのか、
そういうことを先に考えるのではなく、
「こっちのほうがいい」を選ぶのが若さのいいところです。
確率が低くても、実現するにはどうしたらいいか考える。
過去に例が見つからなくても、
そういうこともあるだろうと材料から考え直す。

どんなふうに出発するかなぁ、
どんなところで行き詰まるのかなぁ、
どういうところで飽きはじめるかなぁ、
どんなところで通り一遍なものになるかなぁ。
すべて、どうなろうが、経験したほうがいいんです。
つまんない寸法合わせみたいなことをさせずに、
転んだり起きたり夢見たりしてください。

お若いみなさん、お年を召したみなさん、とにかくだ、
性別も職業もあんまり関係なく、なんでもおやりなさい。
今後、「はじめられなくなる」ことはあるけれど、
はじめたら、いつだって「やめられる」んだから。

よく「親孝行したいときには親はなし」と言います。
いまのぼくが「親孝行」をしたいかといえば、
そういうことでもないのですが、いまごろになって、
「父がなにを考えていたのか、話す機会がなかったな」
と、よく思うようになりました。
孝行だのなんだのじゃなくて、理解がしたくなった。
そういうことを思っていたんだ、とか、
そんなこと考えていたんだねとか、
なんかうなずいてあげたくなっているみたいです。

父は、68歳で亡くなっているので、
ぼくは、その年齢になることが少し怖かった。
それより長く生きられるものなのだろうかと、
なんとなく不安なことを思ってました。
しかし、その年をそれこそなんとなく越えてしまって、
ぼくの知っている父よりも、年上になりました。
「おとうさんより、年上」の男になってしまって、
若いときの父のことを想像しやすくなっていました。

ぼくが大学に通うということになって、
東京の東中野というところにアパートを借りました。

その引越しの日、少ない荷物といっしょに父が来て、
すぐに済んでしまう引っ越し作業を終えて、
近所の中華料理屋でなんだったかを食べました。
線路づたいの道を歩いて、
駅までいっしょに歩きました。
なにをしゃべったのかなぁ。
駅のすぐ前にストリップ劇場の大きな看板があって、
「おやじが帰ったら、行ってみたい」と
強く思いました。
そのとき、ぼくは18歳でしたから、
30年上の父は48歳だったんだと、
いまさら知りました。

社内に48歳くらいで父親をやってる人もいます。
そんな年格好だったのかとも思いますし、
ぼくがこの「ほぼ日」を始めたくらいの年齢です。

戦争に行って兵隊をやっていたこと、
大人になる前に父親を亡くした長男だったこと、
戦後まもなく結婚してぼくが生まれたこと、
やがて離婚したこと、その後なんとかやってきたこと。
20代の父、30代の父、40代、50代、60代の父の話を、
いまならいろいろ聞けたのにと、いまごろ思います。
ありがとうも、いろいろごめんも、
もう言えないですが。

どうやら、老後なんてない。
老のあとはこの世にいないんだから。

わたしの好きな人が、この世のどこかで笑ったりしている。
そんな想像をしてるだけで、わたしはしあわせになる。

あたらしいいす。

おかあさん、
こんな椅子買ったの?
小さいお客さま用なの?
上ってもいい? だめ?
脚噛んでもいい? だめ?
だめだよねー。

きっちん。

おかあさんが、せっせと、
小さい人のキッチンを
組み立てた。
食べものは、
特にありませんね。
なーんだ……。

これからもよろしくね。

赤ちゃんが遊びに来てくれて、
はじめてブイコがフリーで会えた。
ぴょんぴょん飛んで、
顔をなめようとしたので、
やがて捕まえられたのだけれど、
どっちも、大よろこびだった。
この先、長いこと、よろしくね。

これでいいのだ。

ブイコもあんまり入らないケージに、
娘の娘が入っちゃう。
遊びに来るたびに、入ります。
たのしいらしいので、ブイコも、
それでいいやと見守っています。

身近なところに小さなこどもがいて、よかった。
彼女、一週間経ったら、もう成長している。
こんな速度でいろいろ覚えていくものなのか。
人間には、そんな時期があるんだと思うだけで、
それを見る者にも勇気が湧いてくる。
生きることが大好きなんだ、あのこは、きっと。
薄い髪の毛の下にいっぱい汗をかいて、
昼寝をしている姿さえも、とても、生きている。

娘の娘が階段を上っているところとか、
なんでもないことのように見ているのですが、
思えば、彼女の膝丈くらいの高さの階段ですよ、
それを、あったりまえのように、一段一段と、
疲れたそぶりも見せず、息も穏やかなままに上ります。
じぶんも2歳のとき、こんなに冒険家だったんだろうな。
決めつけちゃってること、多いものね、可能性を。
ほんとは、2歳児の目の前の階段みたいに、
上ればちゃんと上れるものなのに、
枠組みにとらわれて踏み込まないでいるのかもね。

娘の娘が、「かわいい」という表現をはじめた。
テディベアの小さな人形を、
じぶんのほっぺたに押しつけて、
感極まったように首をかしげ、満面の笑みをたたえて、
「ぁーわいぃー」と言うのだ。
何度でも、これを繰り返している。

たぶん、じぶんが言われたり、
親が見せている「なにかをかわいがるしぐさ」を、
まねすることからはじまっているのだろう。

「かわいい」は「感情」である。
感情は数式のように確かな意味を伝えられない。

悲しいであろうが、腹が立つであろうが、
だれかが「これが悲しいだよ、悲しがってごらん」
なんてぐあいに練習させるわけにはいかない。
おそらく、こどものほうが、
「やがて悲しいと名付けられるような内臓的な感覚」を
迷いながら表現することになるのだろう。

そのときには、たぶん、親や近くにいる人の
しぐさや表情などをまねることになるにちがいない。
じぶんも、そうやってことばや感情や表現や考えを、
すこしずつ身に着けてきたんだろうなぁ。
思えば、じぶんというのは「他人のかたまり」なんだね。

「じぶんちのこども」を見る目は、絶対に曇っている。どこの家のこどもも、生まれたばかりのときには、多少ひいき目に見ても赤黒いようなサルそのものである。しかし、「じぶんちのこども」に限っては、その例外というか、「あんまりサルじゃない」のだ。▼やがて、日が経って、生まれたてのサル時代が過ぎると、こんどは「おすもうさん」になってくるのが常識だ。そのときにも、「じぶんちのこども」については、「ちょっぴりおすもうさん」くらいにしか見えない。また時が経って、そのころの写真を見たりすると、「ずいぶんおすもうさんだった」と知ることになる。実際におサルさん、おすもうさんの時代には、そのおサルぶり、おすもうぶりが目に入らなかったのだ。▼親をやって、この目が曇るしくみについて知識を得た。そして、おじいさんになって、親たちに言ってやったの。「生まれたてのおサルの時代、おすもうの時代には、じぶんを偽って無理にかわいいと思う必要はないぞよ。その後、どんどんかわいくなっていくから」とね。▼ところが、現実に娘が娘を産むと、「あれ？　うちのこは、あんまりおサルじゃない」とか親たちと言い合うようになって、さらに「それほどおすもうでもない」とも語り合った。いま、時間が経って当時の写真を見ると、よそのこ以上のおサルで、村中で一番のおすもうだった。おじいさんになっても、目が曇るものなのであった。▼「かわいい」に客観性を要求することもないのだけれど、ある程度は、おちついた目で見ようとは思っていたのに、まったく、それは叶わなかったということを知った。しかしねぇ、この曇った目をうまく利用できるからこそ、こどもは「ほめられて育つ」ことになるのだろうねぇ。

1歳と2ヶ月の「娘の娘」とおしゃべりするのはたのしい。知っている日本語は、わんわんとか、バイバイとか、いくつかしかないのだけれど、長い息でたくさん話す。抑揚があったり、リズムがあったりで、ちょうどタモリさんのやる「デタラメ外国語」のようだ。こちらとしては意味内容と関係なく、「そうだねぇ」とか「あらまぁ」と相づちを打つのだが、それに気をよくしてなのか、切々となにかを訴えている。▼あっ、そうなのか、生まれたばかりの人は異邦人なのだ。日本という土地にやってきた赤ん坊という異邦人が、どうやって日本語をしゃべれるようになるかがわかった。きっと、こうやって「でたらめ」と「まね」を合わせて、とにかく口に出してしゃべるからなのだ。抑揚とかリズムとか息つぎだとかといった、そういう歌のようなところは、歩くようにできるから、ここに意味が少しずつ表れてくれば、やがて、自然に日本語がしゃべれるようになることだろう。▼周囲の大人たちは、「意味がわからない！」だとか、「日本語を知らなすぎる」「なにが言いたいんだ」などと怒ったり馬鹿にしたりは、絶対にしない。「でたらめ」と「まね」の歌のようなものを、心地よく、望んで聞いていてくれるのだ。こういう環境で、歌のように声を出し続けていたら、言語の習得はできるようになるに決まっている。▼そう考えると、ぼくらの中学生から学ぶ英語の教育は、なんか、ものすごく下手だったんじゃないかと思う。「正しさとまちがい」を判断され続けながら、意味の通ることばかりを話さなければならないのだから、歌うようにことばが出るはずもない。▼その国の恋人ができると外国語が上達するというのは、「意味が通らなくてもなにか言いたい」恋人が、「意味は通らなくても話してほしい」恋人といるからだ。孫から、祖父が、こんなことを学んでいる。

冗談のように、ぼくは「娘の娘」と言います。ひねくれたじいさんが、ひねった言い方で言っている。そうなのかもしれません。ただ、そう呼ぶ気持ちはけっこう本気なのです。▼とても大元のところに遡ると、「子どもは天からの授かりもの」だとか、「子どもは、その家に預けられたもの」と言いますが、ぼくは、かなり本気でそういう考えを持っています。子どもに対して、よそよそしくしているわけじゃないけど少なくとも「所有している」とかは思っていません。娘についても、こういうおもしろい子を預けてもらえて、ほんとによかったと素直に思ってきました。何度も言いますが、とても親しいんですけれどね、いちばん親しい他人なのかもしれないという感じ。▼で、その預かっている娘が、あるとき結婚した。これはもう、うれしいに決まっているわけです。自前の家族を持つ人になれた、そして、じぶんを家族として認めてくれる人に会えたのですから。ついに、ぼくと「親しい他人」の関係になれたのです。▼そうやって、じぶんの家族をふたりではじめた娘が、娘を生んで育てはじめたのですから、これはめでたい。生まれなくても、もちろんそれでよかったですし、生まれたら、また、とてもよかったということです。この物語に、もうぼくは登場しなくていいのです。娘と、娘のダンナの間に、娘が生まれたのはうれしい。でも、それはあくまでも娘の家のことなのであって、ぼくはそれを遠巻きに眺めたり、向こうの都合さえよかったら遊んでもらったり、手が足りなかったら手伝いをしたり、プレゼントしていいなら受け取ってもらったりする。こんどは「娘に預けられている娘」なのですから、「娘の娘」が大きくなるまでは、娘が主語の物語です。▼「孫」というのは、ぼくを主語にした言い方です。だからそれに、ぼくの考えはあんまりなじまないのです。変なじいさんが、妙な屁理屈をこねていると言われるのは目に見えているのですが、言ってみたくて言いました。

数日前、日曜日のことだった。娘の娘がうちに来てくれたので、公園で遊ぼうと思ったのだけれど、雨が降ったりやんだりでなかなか外に出られない。夕方になりかけたころ雨があがって、大きな虹が出た。大人たちは、その虹の大きさや完成度に感心しながら、それぞれのカメラに、虹の証拠写真を収めていた。▼そして、大人たちは、この見事な虹を、生まれて1年と9ヶ月の人に見せたくて、抱っこして外が見えるようにして、「ほら、虹だよ、虹」と、大きな虹を指さした。赤、オレンジ、黄色、緑……と、色の名前を言うものや、「おっきいねー、まるいねー」とかたちを伝えるもの、ひたすらに「虹、虹」とつぶやくものなどがいた。しかし、1歳9ヶ月さんには、どうやら虹のことがわからないらしいのだった。しばらく前には、窓の外を飛ぶハトを目で追って、「トリ」だとか「ハト」だとか言っていたのに、ハトよりずっと大きな虹は目に入らないらしいのだ。▼まだ虹というものを知らないので、目に入ってこないのかもしれない。それは、オリオン座という星座を知らない人には、「オリオン座」は見えない、というようなことだろう。また、2歳のこどもの視力が0・5だというから、物理的に見えてなかったということなのかもしれない。▼ほんとうの答えは知らないのだけれど、虹が出ていても見えないくらい、まだ1年9ヶ月しか生きてないこどもにとっては、この世界は知らないことだらけなんだと思うと、逆に、ちょっとうらやましいような気にもなった。これから、いつか、虹というもののことを知って、空に、ほんとの虹を見つけたときには、どんなに驚くだろう、うれしがることだろう。遠くに描かれたあんなに大きな「空の落書き」は、まちがいなく想像を超えていると思うんだよ。この先、虹ばかりでなく、象さんやら、カブト虫やら、海やら、いろんなものをはじめて見ては、驚くんだな。ぼくらのだれもが経験してきたのと、同じようにね。

小さな子どもが、なにかをおぼえていくさまは、まったく大人としてうらやましくてしかたがない。▼大人の場合は、なにかの方法を系統立てて順序立てて、うまくやるにはどこがどうなっていればいいのかとか、まずは、もっとも基礎になる部分はどこなのかとか、ちょっとやってみて、どこがうまくいってないのかとか、せせこましくあれこれ試し続けているうちに、最初にやりたかった動機さえも薄れていってしまう。▼ま、仮に、ギリシャ語の歌を歌いたい場合だったら、ギリシャ語の歌詞にカタカナでルビを振ってさ、単語の意味なんかも調べて、歌のテーマに沿った歌い方なんかも教わったりして、こつこつと少しずつ暗記していって、やっと歌う。▼ところが、日本語をおぼえはじめたての幼ない子が、「レット・イット・ゴー」なんかを歌っている。「誰にも打ち明けずに悩んでた」みたいなこと、2年ちょっとしか生きてない人にあるわけもない。「ありのまま」ということばは、知っているのか？　よく知りはしないのだけれど、歌っちゃうのだ。うれしそうにとにかく「まるごと歌う」。▼そして、そのうちに「わかる」ことを発見して、それをこころのなかに、少しずつ貯めていくのだろう。歌をおぼえていくことばかりでなく、ブランコをこぐことも、ボールを投げることも、トランポリンで跳ぶことも、すべて同じだ。「やりたくて、飛び込む」というやり方なのだ。▼ぼくが子どもだったときにも、同じだったはずだ。わかる必要なんかないまま「やりたくて、飛び込む」。未知のものごとが洪水のように押し寄せてくるのを、わぁわぁと大歓びで受けいれて、そこで泳ごうとする。もう、そういう年齢じゃないんだけどさ、おれ。「やりたくて、飛び込む」は、けっこうマネできるはずさ。

娘の娘が、水風呂のようなプールに、
はじめての水着で入って、ちょっとしゃがんでは
「びしょびしょになっちゃう」と立ち上がる。
水着は濡れてもいい服だということを、
まだ知る前の人なのだ。

ふと思い出した童謡のことを。
「赤い帽子白い帽子」という歌だ。

あかいぼうししろいぼうしなかよしさん
いつもとおるよおんなのこ
ランドセルしょっておててをふって
いつもとおるよなかよしさん

あかいぼうししろいぼうしなかよしさん
いつもかけてくくさのみち
おべんとうさげておててをくんで
いつもかけてくなかよしさん

ぼくは、小さいころからこの歌が好きで、
いまでもここで表現されている情景を思い浮かべると、
なんだか、晴れた、うれしい気持ちになる。
こんなに親しんできた歌のことを、
なんにも知らなかったなと思って検索してみたら、
武内俊子さんという詩人の作品だということを知った。

「かもめの水兵さん」「船頭さん」「りんごのひとりごと」
ぼくのなじんだ歌を、いくつもつくっていた。

幼いころ、童謡というかたちで、こんなふうな詩を
小さなこころにとりいれてあったことが、
ぼくのとても大きな財産になっている。

ことばというのは、意味だけの連なりではない。
そして、お話（内容）は、ストーリーだけではない。
きれいな響きや、こころやら景色やらを想像させること、
気持ちのよいリズム、言ってないのに見えること、
そういうことがたっぷり入った「おいしいごはん」だ。
食べたものがその人をつくるという食育に倣っていえば、
「ことば育」というものも明らかにあるだろう。

母のいなかったぼくが、前橋市立第四保育所で、
足踏みオルガンの伴奏で歌わせてもらった童謡が、
いまでも無くなることもなく、こころのなかにある。
おかあさん、おとうさん、先生、こどもといっしょに、
歌を歌うっていうプレゼントを、たくさんお願いします。

人は生まれて、まずは目も見えないままに、
生きていくための乳を「求める」。
乳を提供する母のほうは「求められる」。
それは吸ってくれる相手を「求める」ことでもある。
もう、生まれたとたんにだれかと「求め求められる」。
だれかのなにかを求め、だれかになにかを求められる。

「求められる」よろこびはもちろんあるわけだが、
それは「求める」と表裏のひとつのものだ。
限りなく「与える」ことが美徳のように語られるが、

そこに同時に「求める」ものがなかったら、
ほんとうは反則なのかもしれないと思うのだ。

だれにも「求められない」ことは、悲しいものだ。
しかし、だれにもなにも「求めない」ことは、
やはり、ちがう意味で悲しいことなのではないか。
いや、こんなふうなことは考え慣れてないので、
よくわからないままに書いているのだけれど、
「求める」ことも、人の人らしいあり方だと思うのだ。

だいすき。

犬はこどもが好き。
こどもは犬が好き。
おとなは、こどもも犬も、
どっちも大好きだよ。

はりきる！

小さい人がいっしょなら、
お散歩だって
おおいに張り切っちゃう。
そんなブイコを、
よろしくねー。

いもうと。

これは、もうひと月近く前だけど、
おねえさん、いや、いもうとと、
近くの公園に行ったときの写真。
公園って、犬用にはできてないので、
ブイコはわりとひまだったのね。

シャラララララララ〜ラ
シャララララララ〜ラ
シャララララ〜

（文章を書き出すときに、
女声コーラスではじめる実験）

「ゲームのなかに、こういう登場人物も入れよう」というとき、
ものすごく嫌なやつとか、失礼きわまりない人間とか、
卑怯にもほどがあるというやつとか、
そういうキャラクターを思いつくと「いいぞいいぞ」と思います。
ただ、それでも、ちょっとした「あいきょう」は必要なんですよね。
現実の嫌なやつには「あいきょう」がないんだよなぁ。

日本の人たちは、ものすごい質量のマンガを読んでいる。
マンガに大量のお金を払っているし時間もつかっている。
マンガ家は、世界中のどの国と比べてもたくさんいる。
プロでないけれど、マンガを描く人たちもかなりいる。
マンガから映画ができたり、商品が生まれたり、
ときどきは国民の「倫理やビジョン」まで生まれている。
あらゆるものごとを、マンガで表現できて、
それを読み取れる大衆のいる国が、日本なのである。
これほどのマンガ超大国になった日本は、本気で、
「マンガ立国」を考えるべきではないだろうか。

そうなんだよなぁ、なんでも検索しちゃって
「わたしの世界の謎」を雑に発掘しすぎてる。
失恋した人が、さっそく「失恋　理由」とか
検索しちゃうみたいなことしてそうだもんなぁ。

どんな流れで、この話になったのか忘れましたが、
小学校の青年先生と、彼の手帳を前にして話したとき、
彼が、じぶんで書いたこんな図を見せてくれたんです。

1 感じる→2 思う→3 考える

「これ、あなたが考えたの?」

「こういう順だなぁと思いついて書いておいたんです」

「なんだか、すごく目に入っちゃったよ。

これ、この考え方、ぼくにもください」

というような会話をしたと思います。

ぼくは、その先生の手帳の図を、
その後もずっと応用しながら生きてきた気がします。

なにしろ、「感じる」がすべてのはじまりなんです。
「感じる」がなかったら、もとのもとがないことになる。
そして、その感じたことについて「思う」んですよね。
ああでもない、こうでもない、だれかも言ってたかな、
どうなっているんだろう、とにかく「思う」のです。
でも「思う」は「感じる」があったからこそあるのです。
そして、さんざん思ったことについて、
いくらでも時間をかけたり、調べたりしながら
こんどは「考える」ことになるんですよね。
なにかが目に入るとか、違和感があるとか、気持ちいい、
おいしい、きれいだなぁ……みんな「感じる」です。
これが「思う」の前にあり、「思う」が「考える」の前。
この「つながり」がうまくいってたら、好調なんですよ。

幼稚園児から、少年から、青年から、中年から、
ひょっとすると老人にいたるまで、
男たちは、ずっと「モテる」という
とんでもなく太いテーマを抱え格闘している。

ぼくは、「モテる」の原理をとっくに発見している。
もったいつけないで、ぽんっと投げ出してしまおう。

「モテる」を考えるには、まず白い紙に線を引こう。
縦軸上に「頼りになる」「頼りにならない」を記す。
「頼りになる」と「モテる」は、ほぼ同義である。
地位やら才能やら誠実やら体格やら資産やら、すべてが、
「頼りになる」という結果から逆引きで見えてくる。

そして、こんどは横軸に線を引く。

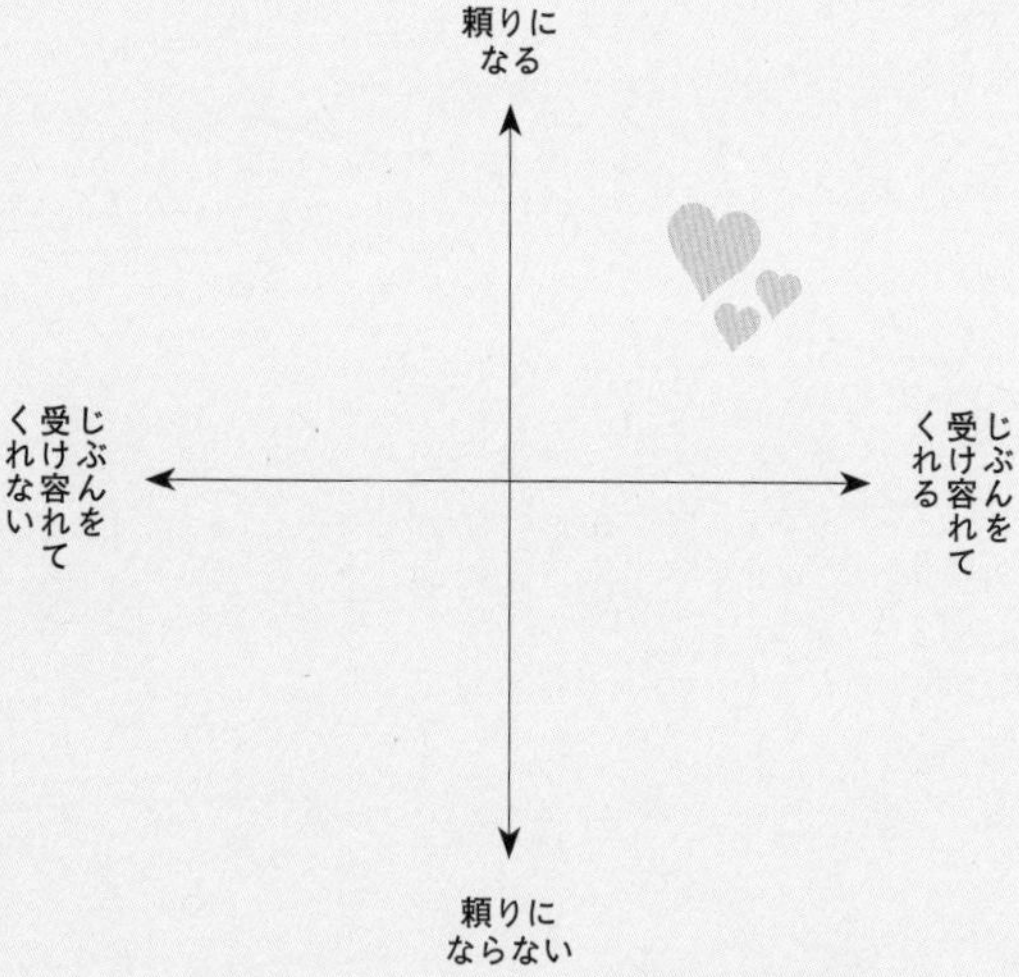

「じぶんを受け容れてくれる」と「くれない」を両端に。
どれだけ「頼りになる」男だとしても、
じぶんを受け容れてくれなければ、意味がない。
人気者が結婚してファンを失うのも、そういうことだ。

過去のじぶんも含めて、男たちよ、バカたちよ。
「モテたい」なら、モテようとがんばってはいけない。
「頼りになる」やつになるしかないのだ。
やっても無理なこと以外で「頼りになる」努力をする。
ただ、「頼りになる」を歩みはじめると、
「モテたい」を忘れてしまうこともあるので、要注意。
以上が、世界一シンプルな「モテの原理」である。

ただし、「モテる」と「愛される」は別だからね!
この原理、たいてい女性のほうが理解しているんですよね。

石田ゆり子さんとか、井川遥さんとかが、
街で歩いているところで、お会いしたことがありましたが、
誰それだというより前に、あきらかに
「姿勢がきれいだ」という事実が目に入ってきてました。

夏の京都で、家人に「庭で線香花火をしよう」と誘って断られました。
愛されていないという実感が心の風鈴を微かに鳴らし、
また少し大人になりました。

画面の隅々まで目が行き届いていて、
あいまいな時間がまったくないというくらいに、
とても丁寧に磨き込まれた映画だった。
この丁寧さがあることで、ぼくに伝わってきたのは、
危なっかしい主人公をはじめとする登場人物たちへの、
表現者からの「敬意」だったように思う。

まるごと支持できる人間なんているもんじゃないし、
あらゆる人たちが、足りない身の丈のままで生きている。
やっちゃいけないこともやっちゃうし、
伸ばそうとする手は短すぎるし、
伸ばしても届かないと思えばあきらめたりもする。

そういう人物たちひとりひとりを、
映画に登場させている制作者たちの視線に、
「敬意」が感じられると思ったのだった。
それは、人に対する敬意でもあるし、同時に、
そんな人たちが生きている世界への敬意だったと思う。

生きにくいし、がんじがらめかもしれないし、
できることもたかが知れてるけれど、ここを、
「すばらしき世界」と言ってもいいかもしれない。
世界と、人と、そこにいるじぶんへの、それが敬意。
映画は西川美和監督の『すばらしき世界』です。

塩を入れすぎたスープを、塩はどうにもできない。
人や水になんとかお願いするしかない。

牢獄でも、鍵を持っていたら家になる。
鍵とはなんだろう？

映画やドラマのなかの、なんでもなさそうなセリフで、
妙にこころに響くものがある。
日常のなかで、だれもがふつうに言ってそうなことばで、
この場面でこう言ったら響くなぁというセリフが書けたら、
ものすごく大きな仕事ができたような気持ちになると思う。

たとえば、向こうの部屋に男がいる気配があって、
彼がなにか話しかけている声が聞こえてくる。
カメラはキッチンのほうにあって、
女が表情もなしになにかをしている。
男の声が続いて聞こえてくる。
少しの間があって、女が聞こえるくらいの小声で、
「もういいよ」と言う。

もしかしたら、ここで表現されているのは、
10年分のあきらめかもしれない。
ほんとうに疲れたということを言ってるのかもしれない。

こころが動かなくなっているのかもしれない。
たった5文字の「もういいよ」が、
どれほどの長ゼリフよりも効いてくることはある。

なんてことを考えることがあって、
実は、ぼくはいつか使ってやりたいと思って
「もういいよ」を頭の引き出しのなかに入れていた。
ずっとなにかをがまんしてきていて、
そのがまんにもなれてしまって、それくらいのことなら
ずっとやり通せるし……とか思っていた人が、
おそらくコップから水があふれるように
無表情に「もういいよ」と言うのだ。

「もういいよ」と、ぼくはまだ言わないけれど、
考えて決めることでもなさそうだから、言うかもしれない。
こんな、なんでもないセリフが、
大きな爆発物のような力を持っていたりする。

イラスト＝ながしまひろみ

「どうしたらいいかわからない」ことについては、「心配し続ける」のが苦しいので、「忘れようとする」。

かくして、「どうしたらいいかわからない」問題はますます「どうしたらいいかわからなくなる」。

いばっている人って、いますよね。
この人、ずいぶん自慢するなぁ、という人も見ますよね。
なんでも知ったかぶりをする人もいます。
なんか、すぐ泣こうとする人もいる。
すっとんきょうなことをして注意をひく人もいます。
こういうの、もちろん他人のことじゃなく、
じぶんがやっていることも考えにいれてですね、
そういうことをする人の、「望み」がわかったんです。

すべて、「じぶんが大事にされるために」
やってるんじゃないかと、思ったんですよ。

これは、インターネット、SNSの世界で、
イナゴの大群に襲われたかのように
じぶんのこころの領域を荒らされている人や、
なにかの理由で過剰に責められることになった人が、
「この基本的な事実を胸にとめておこう」と
おぼえておくといいんじゃないかな、という原則だ。
たぶん、SNSだけでなく、いろんな場で
同じようなことが言えるのではないかと思う。

まず、1つめ。
わたしは、あなたたちに一生会わなくてもかまわない。
(そのシンプルな事実を思い出すことがはじまりだ。
「あなたたち」がいなくても、「わたし」の人生はある)

そして、2つめ。
わたしは、あなたとなんの話もしなくてかまわない。
（会わなくてもかまわないだけでなく、
「あなたたち」と会話をする必要もまったくない）

おまけに3つめ。
わたしには、わたしを信じてくれる人がいる。
（会ったことのない人なんかじゃなくて、
よく会うし、よく知っている人が、わたしにはいる。
人が生きるというのは、こういう人と生きるということ）

もちろん、ぼくや、これを読んでいる人が
「あなたたち」の側に立つことだってあり得るだろう。
でも、そのときにも、この3つの原則は成り立つと思う。
（これを、じぶんの頭のなかに張り紙しておきましょう）

読者が、みんな機嫌がいいわけじゃない。
今日プロポーズされて、うれしかった人も、
大切な人が急な病いに倒れて駆けつける人も、
大雨の影響で、じぶんの家にいられない人も、
たのしみにしていた旅行が中止になった人も、
さぁ、いま赤ちゃんが生まれるという人も、
いまの世界のなにかについて憂えている人も、
今日、仕事を失くしてしまった人も、
やりたかった仕事ができることになった人も、
もう、きりもなくいろんな人がいるわけです。
つまり、これを読んでくれている人が、
同じ一文をどう読むかについては、
ものすごく大きなちがいがあるかもしれないのです。

人は、じぶんでよくわかってるほんとのことと、
じぶんでもわかってないけどわかりかけてることと、
まったくわかってないけど言ってることとを、
混ぜてしゃべってるよね。

トイレでしゃがんで考えた。

これを、排泄だと思うとなんだかめんどくさいけれど、

こっちの仕事のほうがメインだと考えたら、どうだろう。

わたしたちは、U-COを製造するために生きているのだ。

そのために食べて、さまざまな原材料を摂り入れている。

製造する器官を維持するために、運動もする。

健康なU-CO工場は健康な生活がつくるものだからね。

人間の根本的な生きる目的は、U-COをつくること、

だとしたら、それ以外のほとんどのことは趣味だ。

勉強ができるとかできないとか、

仕事をしたとかしないとか、恋をしたとかしないとか、

そんなものはU－COの製造の片手間にやることなので、
あんまり重きをおかないほうがいいというわけだ。
いまだって、こんな文章を書いているけれど、
こういうことをしていかないと、
U－CO製造の材料を買えないから、やっているのだ。
人生の目的は、U－COづくりなので、
それ以外の大事でないことに価値をおかないようにね。
とか、ひっくり返しのことを考えたのだけれど、
結局、大事なものは、水で流して捨ててしまった。
「諦観」というのは、ここらへんから生まれるのかな。

「未来」になにかの目的をおいて、
そのために、いまがんばるってことはあると思う。
ただ、その「未来」に設定したなにかにたどりつくまで、
ずうっと「現在」をその目的のために差し出すって、
ほんとにいいことなのかなぁ。
過去や、未来や、周囲や、遠くをいっぺんに考えて、
いまここにある「現在」を粗末にしてないかなぁ。

一日に、コンテンツ見放題、使い放題、
いくら使ってもいいし、無駄にしてもかまわない。
金額は、貨幣じゃなくて「いのち」そのもの。
なんでもありだし、基本的になんでも自由、無限かも。
だれでも会員で、脱会も自由だけど、永久は無理だね。
そして、コンテンツに、じぶんで参加できるんだ。
すでに、ずいぶん、無駄にしてきちゃったかなぁ。
「サブスク」のブランド名は「ＬＩＦＥ（人生）」だ。

＃だいぶ年下の後輩に
怒られているコンビニ店員

ドラえもん1コマ拡大鑑賞展
そして、川崎市 藤子・F・不二雄ミュージアムのすすめ。
渋谷PARCO 8F
ほぼ日曜日

負　雨　雨　負　雨　負　負
クラブハウスサンドイッチみたいだ。

仮にだよ、8番打者を敬遠して満塁にして投手の打席、
2ストライクに追い込んでから二塁打を打たれて3点、
なんてことがあったとしたら、それはもう……。

ベイスターズの梶谷だとか、カープの菊池涼だとか、
ヒゲでガムくちゃくちゃの選手には
気をつけなきゃいけないんだよなぁ。

いやな試合だなぁ。
四球をたくさんさしあげて、併殺をふたつほどいただく。
そして初球本塁打をふたつほど見せていただく。
勝てないよ！　そんなのじゃ！

9番が投手で、8番は1割打者の捕手で、
7番が深海的絶不調の丸……って
相手からしたらいつも3アウトもらいながら
試合できるってことだものな。

野手は三振でなければなんでもいいという場面では、三振を。
まさか併殺でなければ三振でもいいくらいだという場面では、併殺を。
投手は、本塁打だけは撃たれてはいけないところで、本塁打を。
そいつがおーれのやり方ー♪

兆しというものが見えない。

悔しいなどという気持ちはとっくに失くしている。
悲しいも忘れた。
痛いこともなく、ただどんよりと病んでいく。

今日もいい日だった。野球さえなけりゃ。

我慢して野球見続ける外は雨

長い間苦しまされていた尿管結石が、
やっと手術で取れました。というような試合でした。
まずは、もう痛みはないのでうれしいです。

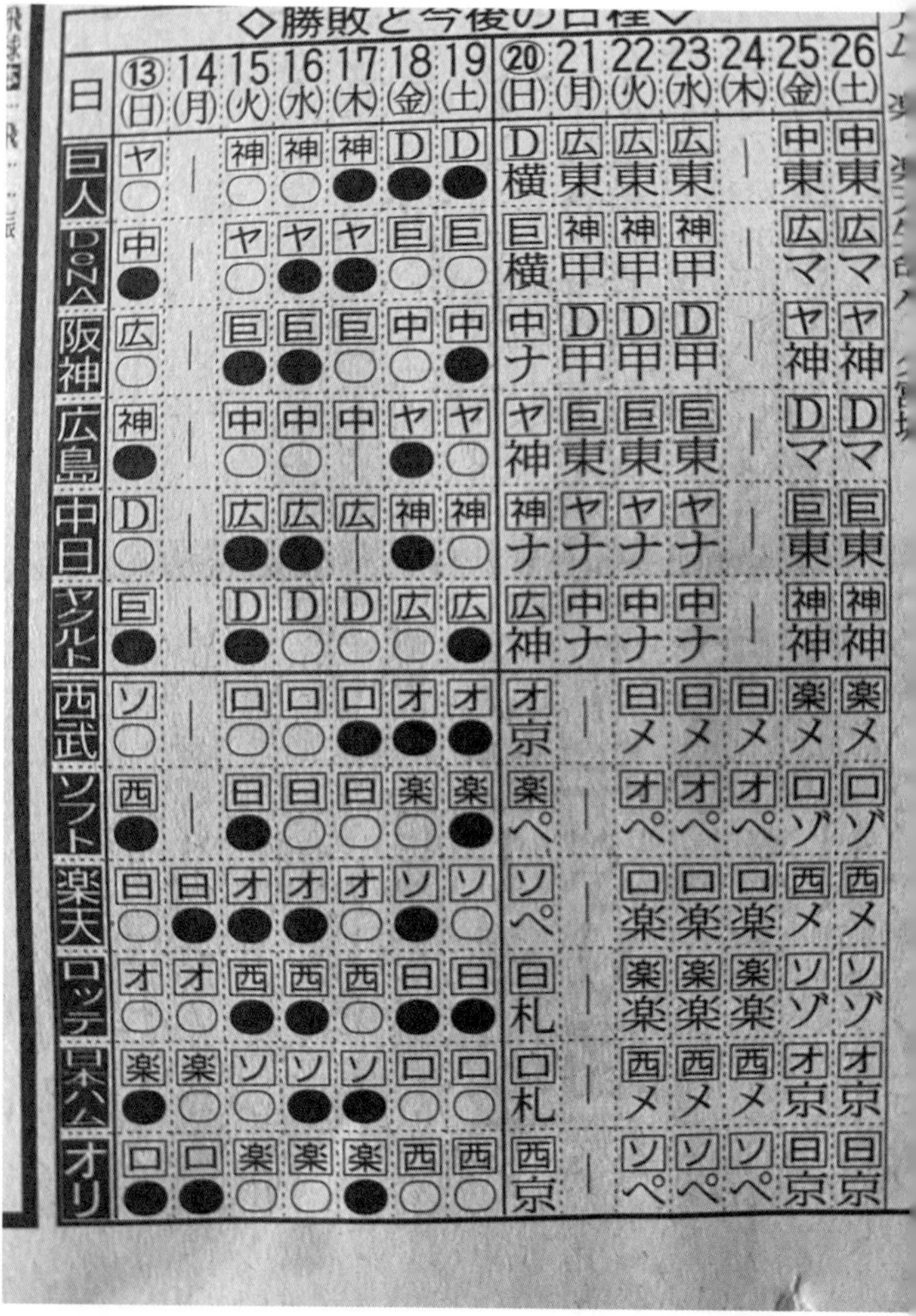

◇勝敗と今後の日程◇

| 日 | 13(日) | 14(月) | 15(火) | 16(水) | 17(木) | 18(金) | 19(土) | 20(日) | 21(月) | 22(火) | 23(水) | 24(木) | 25(金) | 26(土) |
|---|---|---|---|---|---|---|---|---|---|---|---|---|---|---|
| 巨人 | ヤ ○ | — | 神 ○ | 神 ○ | 神 ● | D ● | D ● | D 横 | 広 東 | 広 東 | 広 東 | — | 中 東 | 中 東 |
| DeNA | 中 ● | — | ヤ ○ | ヤ ● | ヤ ● | 巨 ○ | 巨 ○ | 巨 横 | 神 甲 | 神 甲 | 神 甲 | — | 広 マ | 広 マ |
| 阪神 | 広 ○ | — | 巨 ● | 巨 ● | 巨 ○ | 中 ○ | 中 ● | 中 ナ | D 甲 | D 甲 | D 甲 | — | ヤ 神 | ヤ 神 |
| 広島 | 神 ● | — | 中 ○ | 中 ○ | 中 — | ヤ ● | ヤ ○ | ヤ 神 | 巨 東 | 巨 東 | 巨 東 | — | D マ | D マ |
| 中日 | D ○ | — | 広 ● | 広 ● | 広 — | 神 ● | 神 ○ | 神 ナ | ヤ ナ | ヤ ナ | ヤ ナ | — | 巨 東 | 巨 東 |
| ヤクルト | 巨 ● | — | D ● | D ○ | D ○ | 広 ○ | 広 ● | 広 神 | 中 ナ | 中 ナ | 中 ナ | — | 神 神 | 神 神 |
| 西武 | ソ ○ | — | ロ ○ | ロ ○ | ロ ● | オ ● | オ ● | オ 京 | — | 日 メ | 日 メ | 日 メ | 楽 メ | 楽 メ |
| ソフト | 西 ● | — | 日 ● | 日 ○ | 日 ○ | 楽 ○ | 楽 ● | 楽 ペ | — | オ ペ | オ ペ | オ ペ | ロ ゾ | ロ ゾ |
| 楽天 | 日 ○ | 日 ● | オ ● | オ ● | オ ○ | ソ ● | ソ ○ | ソ ペ | — | ロ 楽 | ロ 楽 | ロ 楽 | 西 メ | 西 メ |
| ロッテ | オ ○ | オ ○ | 西 ● | 西 ● | 西 ○ | 日 ● | 日 ● | 日 札 | — | 楽 楽 | 楽 楽 | 楽 楽 | ソ ゾ | ソ ゾ |
| 日本ハム | 楽 ● | 楽 ○ | ソ ○ | ソ ● | ソ ● | ロ ○ | ロ ○ | ロ 札 | — | 西 メ | 西 メ | 西 メ | オ 京 | オ 京 |
| オリ | ロ ● | ロ ● | 楽 ○ | 楽 ○ | 楽 ● | 西 ○ | 西 ○ | 西 京 | — | ソ ペ | ソ ペ | ソ ペ | 日 京 | 日 京 |

12球団、どこのチームも
勝ったり負けたり。
どこのファンも
「まったくもうっ！」
と心が晴れないで
いることでしょう。

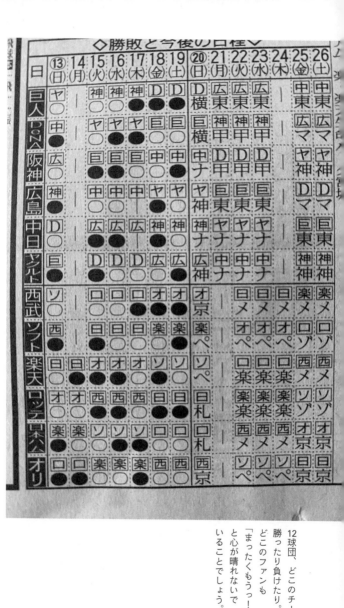

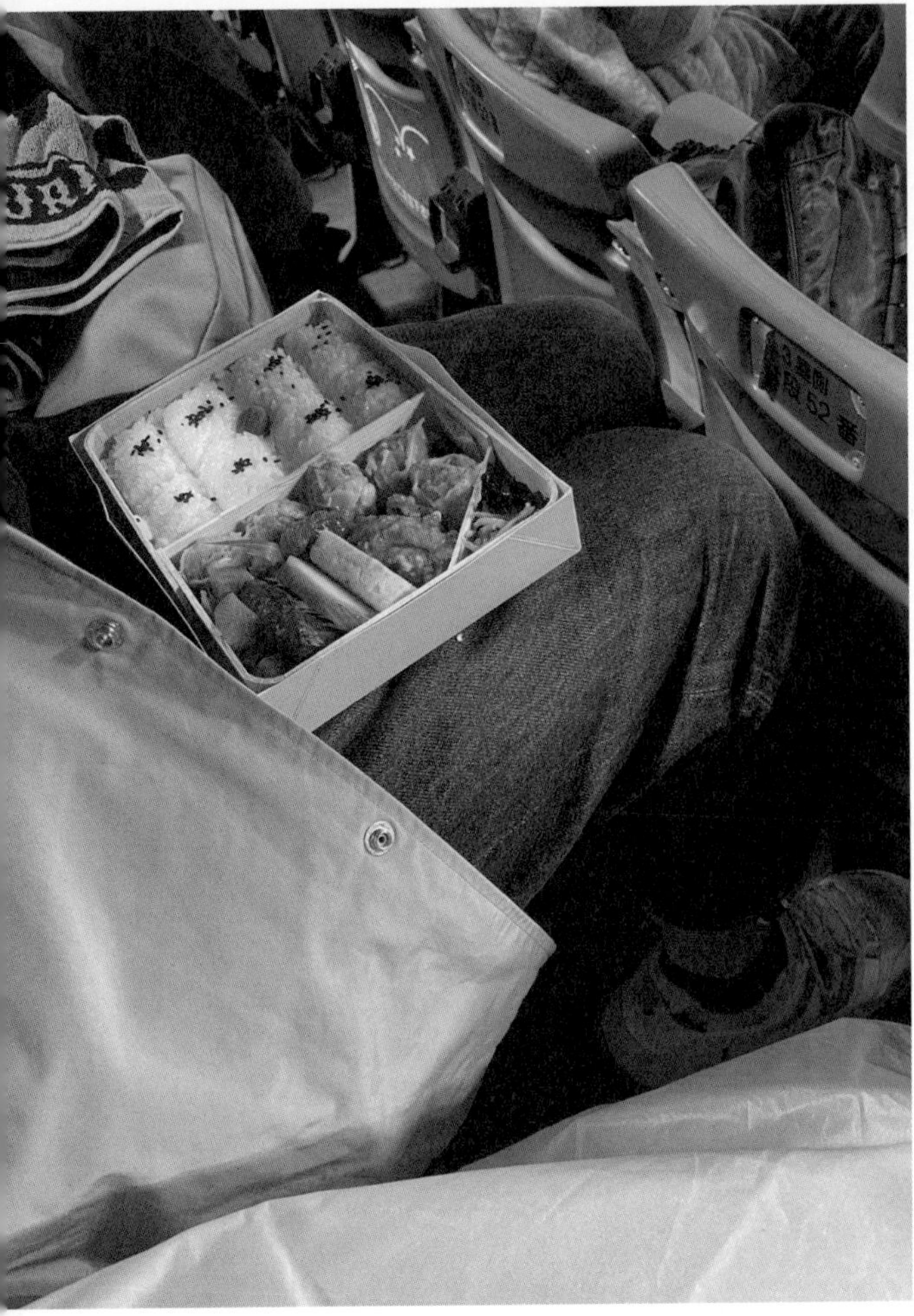

野球場で食べる
シウマイ弁当ほど
おいしいものはない
（小椋佳）

ぼくは、かつて「ホームランになりたい」と書いた。
小さい子どもが、キリンさんになりたかったり、
新幹線になりたかったりするのと同じように、
ぼくは「ホームラン」になりたいなぁと思ったのだ。

実際の野球場で、ホームランを見るのはすごいぞ。
対戦相手のチームの放ったホームランは、
心臓の奥がちょっと焦げ付いたような気持ちになる。
当方のホームランは、もうただただうれしい。
広い野球場のホームベースのあたりから、
100メートル以上も打球が飛んでいって観客席に落ちる。

短い時間だけれど、大仕事そのものが、あの放物線だ。

ぼくが「ホームラン」だったら、
ある速度で描かれる放物線になっているわけだ。
打った選手はぼくじゃない別の人だ。
飛んでいく球も、ぼくではない、野球の球だ。
ぼくは「ボールのする旅」であり、その軌跡そのものだ。

こんなの、ただの短い詩ですって。
ぼくが、ホームランになってみたいという詩ですってば。

美防災
nippn
IIJmio
一番搾り
STARTS
スターツ
エイジェック
ニッタン
NITTAN
welcia
大塚商会
OMNIA
エビスビール
RYOBI
新宿健診プラザ
大成建設
アートネイチャー
竹中工務店
フコク生命
セノン
KAMEI 9

にちようびのあさ。

こんなところから、始まった。
おとうさんに、笑顔はなかった。
人間って、たいへんだね。

カメラにはファインダーというものがあった。つまりそれは、小さなのぞき窓のようなもので、その小窓に目玉を近づけて、これから撮るものを見る。わたしが、これから撮るつもりの獲物を、見る窓だ。「これを撮る」という意思が、写真を決める。▼しかし、いまのカメラは、ファインダーを使わない。モニター画面が撮影者の側に付いていて、「こういうふうに、写りますよ」と教えてくれる。あなたが操作した結果が、こういう写真になります、と。▼とてもよく似ているようだけれど、ずいぶんちがうと思う。ファインダーをのぞいて撮るはずの写真は、これから撮る未来なのだ。モニター画面に見えている写真は、ほんとうはまだ起こってないけれど、結果である。結果をなぞるのが、撮影者だということになる。▼もともと、いまの時代はそういう傾向があるのだけれど、できるだけありそうな結果を先に想定して、それに合わせて工程を管理していく。「のはずだ」「おそらくこうなる」が見えないと、なにもはじまらないというのが「ふつう」の仕事だ。そういうやり方は、まちがいが少ない。人の賛同も取り付けやすいし、協力も得られやすい。だから、世の中が、どんどん「モニター」を見ながら進んでいくのも当然だ。ファインダーをのぞいて狙いを定めてというのは、外れるかもしれないから、「やめたほうがいい」のだ。これから、ビッグデータとやらが活用されていったら、ますます想定された「結果」に合わせて、ひたすらに道を踏みはずさないようになっていくだろう。▼ただ、「発する」ということは死んだのかね、と思う。不安で震えながらプロポーズすることだとか、「結果」はたしかじゃないけれど行きたい旅だとか、描いてみなきゃわからない絵画だとかは、どこへ行く？「じぶんの頭で考える」というのは、じぶんのファインダーをのぞくことなんじゃないかなぁ。

貴方は、人生のなかで何度転びまし

たか？　比喩的な失敗だとか挫折だとかについてではなく、具体的な「転倒」のことです。▼ぼくは、30歳を少し過ぎたころ、ちょっとちやほやされて『月刊PLAYBOY』という雑誌で、ロングインタビューを受けることになりました。文字だけでなく写真を大事にする雑誌だったので、何点かの特別な撮影をすることになっておりまして。どういう理由だったのか忘れましたが、ぼくはカンフーの衣装を身につけて、スタジオの石膏の床の上に立っていました。写真家は言いました「イトイさん蹴りをお願いします」。それを聞いた瞬間、ぼくはどうしてなのか、虚空に向かって飛び蹴りを試みたのでありました。いったん空中で蹴りのポーズを決めたぼくは、そのままの姿勢で引力の法則にしたがい落下しました。なぜ、立ったままの蹴りのポーズをしなかったのか。動機も、理由も不明ですが、そのあとぼくは、「三十を過ぎて転ぶと痛い」という文章を書きました。▼その次は、京都駅の東京に帰る新幹線のホームです。背中に重いパソコンの入ったリュックを背負い、乗り遅れまいと必死でエスカレーターを駆け上ったぼくは、ドアが閉まる直前の新幹線を視野に入れたところで、なぜか躓き、まっすぐ正面から倒れました。「イトイシゲサトが転んだ」という声が聞こえました。「四十を過ぎて転ぶのも痛い」と思いました。▼いまのところの最後の転倒は、2020年の12月3日です。エンターテインメイントの世界の先駆者で、ぼくが密かにライバルと決めている男がいます。いまは亡き彼が、豪華なお城を背にして、パンツをはいた大きなネズミの手をひき、どこやらを指差している像が千葉県某所にあります。そのすぐ前で、走り出したら止まらない娘の娘を追って、わたくしは、ブワッターンっと転びました。眼前に石の道が迫りきて、鼻の奥がツーンとしました。「七十を過ぎたら、転びやすくなった」かもしれません。好敵手とネズミに、ちょっと油断をさせてしまいました。▼じっとしていれば転ばない。転人招福の言葉を君にも贈る。

千葉県習志野市だったかに、まだ日大生産工学部はあると思うのですが、あの建物のごく一部分の左官工事の、セメントをこねたのは、不肖わたくしであります。寒いプレハブ小屋で寝泊まりもしましたし、学生食堂で、揚げ玉を山盛りにしたうどんも食べました。週に一度、東銀座のコピーライター養成講座に通って、おれは食えるようになるのだろうかと思っておりました。左官工事の頼りにならない手伝いの前は、幡ヶ谷の6階建てだったかのマンション工事で、とび職の見習いをしていました。そのマンションについては、もう取り壊されています。▼「あれ、おれがつくったんだぜ」というセリフは、なかなかいいものであります。ちょっと左官工事のセメントをこねただけでも、建築中のマンションの足場板をかけただけでも、「おれ、あれをつくってたんだ」という気になります。仕事の跡が残るって、とてもいいものなんだと思います。▼それと、広告をつくったり、文章を書いたり歌をつくったりすることは、やっぱり似ているんです。建築現場にいるより、多少は得意なことらしいのですが、「つくった」ものが残っているのは、かなりうれしい。そのことを親しい人に話したりできるのも、たのしい。▼昨日は、『MOTHER』というゲームのことで、若い人たちと鼎談をしたのだけれど、これが、やっぱりおもしろいんですよ、どうしても。この『MOTHER』というゲームのシリーズ、ある程度年をとってからですが、わりと口に出して「この仕事をやっておいてよかったなぁ」と言ってます。このゲームがあったから会えた人たちも、たくさんいる。ぼくの知らない人たちが、この世界で遊んでいることも、さらにはじぶんの子どもにまで、薦めていることも、ものすごいボーナスをもらってるような気がしています。

未熟だったり、荒削りだったりすることも含めて、ほんとに、やっておいてよかった仕事だと思っています。

ぼく自身の若いときの経験だけれど、「ダメ出し」に弱かった。じぶんでいいと思っているものを提出しているのだから、それが「ダメ」だとやり直しさせられるのはイヤだった。ときには相手の判断力を疑ったりもしたし、じぶんのすばらしい考えについて強弁したりもした。もちろん理不尽な「ダメ出し」や「やり直し」もあるさ。しかし、後によくわかったのだけれど、強がっていたが、ぼくは「ダメ出し」に「弱かった」のだ。▼ひとつの考えや、コピーが通らなかった場合に、「じゃ、こういう考えもあるね」だとか「だったら、こういう表現だったらどうだろう?」というような新しい次の手を出すことができないので、一歩後ろに引いて戦うこともできなかった。隠しポケットに「いくらでも持ってる」なら、「ダメ出し上等ッス」とか、ええカッコして言えるのにね。だって、もっとよくなるチャンスがそこにあるのだから。▼多少、人に知られている仕事で言うと、あるクルマの「くうねるあそぶ。」というコピーは、最初は「くうねるあそぶ倶楽部。」だった。「あそぶ」と「倶楽部」の、韻を踏んだ感じもあるし、そのクルマのオーナーになる人たちの所属意識みたいなものも感じさせるコピーだった。チームに年上のクリエイティブ・ディレクターがいて、笑顔で「いいねぇ、できたね!」とほめてくれてから、「くうねるあそぶ、で切っちゃっていいんじゃないか」と自信たっぷりに言った。当然、ぼくは「…う、う、う」と思う。じぶんで「倶楽部はいらない」と考えていたなら、最初からそうしていたわけだからね。しかし、そこから一日もらって考えを巡らせ、「くうねるあそぶ。で行きましょう」と返事した。▼もう40歳くらいの年齢にはなっていたけれど、やっぱり「ダメ出し」に落ち着いてはいられない。しかし、そのころにはもう「ダメ出し」に「弱く」はなくなっていたのだろう。弱さが原因のことって、けっこうあったよなぁと思い出す。

どうやら、ほんとうに夏が終わっているようだ。今年も海に行かなかった。いやいや、実は一昨年も海に行ったおぼえはない。行くとか行かないとかじゃなく、海で泳ぐということを何年ぐらいやってないのだろう。バリだとか、ハワイだとかに行っても泳ぐのは海じゃなくて真水のプールだものな。国内の旅だと、ずっと海パン持っていってないなぁ。おいおいおい、ぼくはこのままもう、一生、海で泳がないような気もしてきた。▼もう、ここまで来てしまうと、「海に入って浮かんだり泳いだりするって、なんだっけ？」というくらい、じぶんに無縁のことになっている。老人になると、さまざまなものごとに好奇心やら意欲がなくなるらしいけれど、海に対する思いもそのひとつだったのかもしれない。まいったなぁ、こういうものだったのか、老人って。ぼくはもうとっくにその「老人」なのだけれど、ふだんはあんまりそのことを意識しないできた。しかし、「海に入って浮かんだり泳いだり」だとかが、じぶんとまったく関係ないことのように思えるのは、若いときとまったくちがっている。▼でもなぁ、意欲だとか好奇心だとか、それほど減衰しているようにも思えないんだよなぁ。それとも、コロナ自粛期間が長くなったので、旅だとかどこかに出かけるたのしさについて、忘れようとすることに慣れちゃったのだろうか。あ、そっちかもしれないなぁ！　だって、こういう文を書いているうちに、バリだとかハワイに行きたいなぁとか、海を眺めていたいなぁとか思い出してきたものね。書いているうちに、じぶんの気持ちがわかってきたよ。おれ、絶対に海に行くよ、いつになるかわからないけど。犬、留守番させてでもバリだとかに行くよ、きっと。

デザイン＝秋山具義

今日、
飛行機の窓から
見た富士山。

おお。
無人駅についた。

天気をちょうどよくする
男としての、
今回のお仕事は……
雪を降らせる、
でしょう！　よっしゃー！

目黒川、
散りはじめてるけど
じゅうぶんたっぷり。

じゃーね。

ブイコは、ようちえんで、
ちっちゃいおともだちや、
おっきいおともだちと、
いっぱいあそぶから、
大丈夫だよ。
いってらっしゃーい。

ここには。

旅は、もちろん、とてもいいものだ。
でも、家に帰ってくると、
こういうやつが、いるんだよねぇ。
いいこいいこ、よしよし。

人の一生のなかで、「好き」を感じながらいる時間を、
ぜんぶ足してみたら、その人その人の
「個人総幸福量」になるのではないだろうか。
そして「個人総幸福量」の多い人は、
「周囲総幸福量」もきっと増やしているようにも思う。
ぼくは、いま、どれだけの「好き」を感じているだろう。

なにかを好きになるということは、ほんとうにいいこと。
マカロンが好きだとか機関車の動く様子が好きだとか、
ひとつ「好き」があるだけで、その「好き」の
周辺のことまで、じぶんの頭に取り込むようになる。
好きをたくさん持っている両親に育てられたら、すでに
その子どもは、たくさんの贈りものを受け取っている。
好きがいっぱいあるともだちと遊んでいたら、
たのしい時間をたっぷり過ごすことになる。

「好き」について、人がしみじみ感じていて、
そのじぶんのこころを顔ででも、声ででも、
文ででも、歌ででも、絵ででも表してくれたら、
その「うれしさ」は、他の人のこころに火を灯す。
いっぱい「好き」を持っている人、
「好き」を表している人は、その「好き」のいい気持ちを
知らず知らずのうちに、みんなに配っているんですよ。
おいしそうにごはんを食べる人だとかも、
それだけで、あなたはいいことしているんだよ。

なにかを好き、だれかを好きという気持ちは、
じぶんのなかに品切れになっていても、
世界全体にはいくらでもたっぷりあるんですよね。
どこかのだれかは、だれかを好きだったりするし、
どこぞのだれかは、なにかを大好きだったりもする。
好きの鉱脈、好きの資源はとても豊富にあります。
だから、人は、じぶんの好きが足りないときでも、
他の人から好きを借りて、好きを味わうことができます。
いろんな人がいろんな人やものごとを好きでいることは、
他の人をも気持ちよくさせることにもなります。

他人には妙なデザインのファッションであっても、
本人が「好きで着ている」場合にはおしゃれになる。
思えば、ものごとは、なにかとそういうものだ。
お店でちょっとした買いものをするときなんかでも、
「好きで売っている」感じの人から買うのはうれしい。
人に頼み事するときにもイヤそうな人には頼みにくい。

人間のやることだから、いつもどんなときも
「好きでなにかする」ことなど、できるもんじゃない。
それでも、できるだけ「好きでやる」ようにしていると、
これがいろんな人や環境に影響を与えて、

なかなかのプレゼントが返ってくるものではある。
「好きそうにする」とか「好きになろうとする」とか、
ほんとの「好きでなにかする」の手前の段階でも、
いいことはたくさんあるとは思う。

「好きそうになにかする」の方がいいに決まってるよ。
好きで買った服を着よう、好きでごはんを食べよう。
好きでお茶を飲んだり、好きで休むこともしよう。
うれしくなるようなことを、サボらないで探していよう。
どうせやることはやるんだから、好きをもっとやろうよ。

うちのブイコちゃん、夜中、珍しくじぶんの寝床でなく、
おかあさんのベッドで顔だけ出して寝ていました。
ぼくはちょっとうらやましいなと思って、頭をなでました。
ぼくのところにも来ればいいのにと思いながらね。
翌朝、聞いたところによると、ブイコは、
暗闇のなかでぼくが近づいたとき、ふとんの中で、
激しくしっぽを振っていたのだそうです。
その振動で、おかあさんは目を覚ましてしまったと。
そんないじらしいことがあったんだと知って、
またまたブイコのことがかわいくなってしまいました。

じぶんと別の「ことば」で生きている人たちの輪に、
入ってきてくれて、いっしょに暮らしているのが犬や猫だ。
トイレの場所や使い方も、寝る場所のことも、食事も、
運動も、その他いろんなことを、人が設定してくれる。
生きていくのに必要なことは、人がぜんぶくれる。
人の社会で生きていくように合わせていたら、
かわいがってもらえるし、いろんなものをもらえる。
でも、犬も、猫も、人じゃないんだよね。
そんなふうに生きるようにはできてなかったかもしれない。
別の生きものなのに、人と暮らしているのはえらいよなぁ。

誕生日がわかっているいる犬というのは、
ある程度の幸せを約束されてきた犬だ。
だれかが生まれたことを見ていてくれて、
しかもそれを記録して、その犬と共に生きる人に伝える。
犬といっしょに生きる人は、その日を記憶していて、
自分勝手かもしれないけどなんて思いながら、
犬の誕生日を祝ったりもする。

生まれたときのこともだれかに知られぬまま、
生きられるかどうかわからない場面に立たされて、
そこから遅れて、共に生きようという人に会う犬もいる。
そういう犬は、実際に生まれた日でなくて、
いっしょに生きる人に出会った日が誕生日になったりね。
その日からは、少しずつ、生きることへの安心感とか、
人を信じていいのかもしれないとか、
いっしょにいる人たちをよろこばせる方法とか、

いろんなことを学んで、幸せを身にまとっていく。

犬も猫も、幸せについて考えたりはしてない
ような気もするのだけれど、
幸せそうなほうに、少しずつ身を寄せていくものだ。
犬や猫って、かなりの不運や不幸せについても、
それはそれで受け容れてしまうやつらなのだけれど、
ほんとは、向日性というのか、やっぱり、
幸せのほうに行こうとしているように思える。

ということは、人でも犬でも猫でも、
うまくは言えないけれど、「こういうのが幸せ」という
実際の感じを知っているということかな。
くさりでしばられてなくて、雨や風がしのげて、
ひだまりがあって、水があって、ごはんも食べられて、
なによりも「安心ななかま」がいるという世界。

ちょっと、すとっぷ。

鏡の前で写真を撮るからね。
ブイヨンも、
よく撮った場所です。
ブイコは、鏡というものを、
まだよくわかってない。

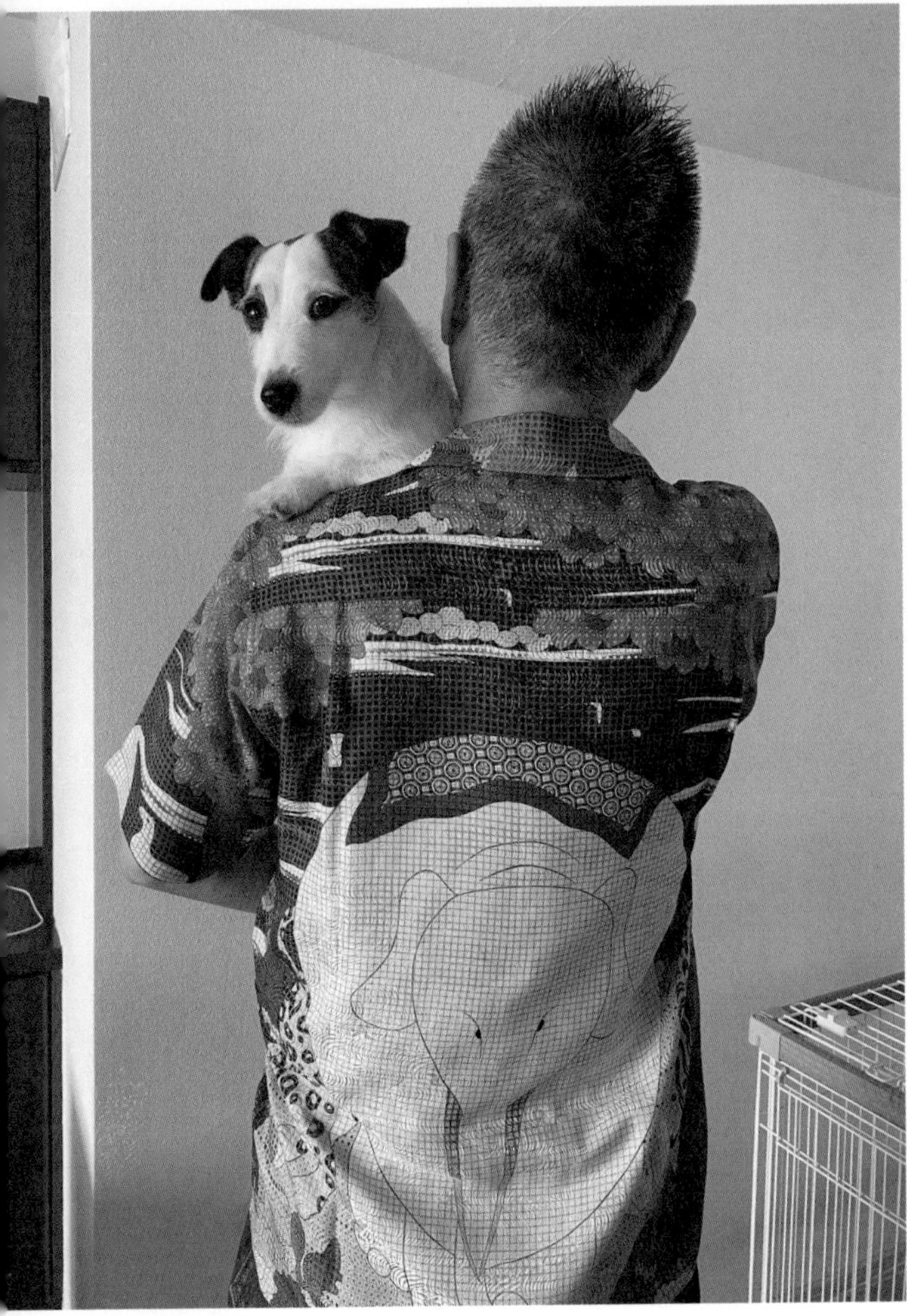

あろは。
おとうさんの注文していた
「若沖アロハ」が届いた。
記念写真を撮りました。

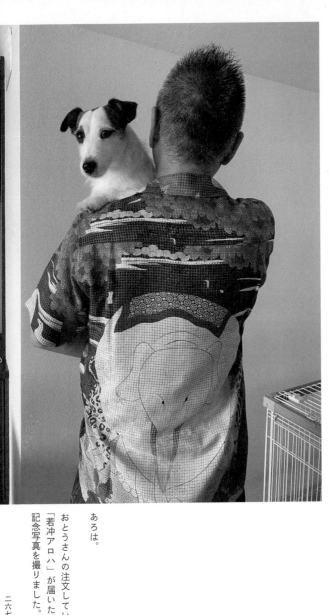

ふつうのハムサンドが食べたい。
焼いてない8枚切りの食パン、
粒マスタードじゃなくて粉からし練ってからしバター、
レタス、薄いロースハム。
挟んでちょっと重しを乗せて時間をおいて、
パンの耳を切って4つにカットして、
盛り付けるときにパセリもあったほうがいいな。
コーヒーは砂糖をスプーンに1杯。

なかしましほさんの「焼きいも」のレシピが、
どうやら最高だった。
あらかじめ180度に熱したオーブンに、
洗って水のついたままのさつまいもを置き、
40分から60分くらいの加減で焼く。
流行りの安納芋みたいなやわらか系も甘くてうまいし、
ほくほく系の紅あずまも、焼きいもの王道という感じ。

すっかり「焼きおにぎり」に目覚めてしまって、
なにかと、あたらしい「焼きおにぎり」を試している。
すぐにやったのが、おかかの「焼きおにぎり」だった。
考えるだけ考えてトライしてないことも、いくつかある。
カレーと混ぜてにぎったもので「焼きおにぎり」。
松茸ごはん、豆ごはん、とうもろこしごはんなどなどの、
混ぜごはんを「焼きおにぎり」にしたものを、食べたい。
みたらし団子的な甘じょっぱい味も食べてみたい。
牛丼やカツ丼なども、工夫しだいでは焼きおにぎりになるね。

もう一昨日の夜のことになる。麻布十番の魚可津で
「キンキの煮付け＋お刺身定食」をいただいた。
もひとつ「イカのさっと煮」というのも頼んだのだけれど、
注文が通ってなかったので「あ、じゃ、いいです」と
食べなかったのである。が、いまごろになって
「イカのさっと煮」を食べたくなっている。
「イカのさっと煮」。さっと煮たんだろうなぁ、イカを。

人には利き手というものがあります。
ちょっと前から気がついていたんですが、
利き口というものもあるんですよ。
お鮨って、一口で食べるじゃないですか。
口のなかに入れて、もぐもぐ噛んで味わいますよね。
そのとき、特に考えてやってるわけじゃないのですが、
どっちかの奥歯でたくさん噛んで、
そこに舌を寄せていって、頬に触れさせて食べてます。
もちろん、反対側の口にも移動はさせますよ。
でも、やっぱり、「利き口」のほうに戻して味わう。
そうやってるんです、そうじゃないと、
こころからおいしさが味わえないのです。

昨日のぼくは異常な食欲でした。
お昼に京橋方面の会食で「うな重」をいただいた後に、
銀座木村家のあんぱんを20個ほど買い求め、
いったん家に戻ったところで、そのうちの4個を食べ、
次のミーティング中にまた1つ口に入れまして、
夜また家に戻ってからメルヘンのサンドイッチを含め
肉じゃがなどの夕食をまるまる腹に収めまして、
日付の変わった深夜、レーズンウイッチを食べました。

大きめのコップに、カチンカチンの氷をいっぱい入れて、
赤いラベルのコカコーラをゆっくりね、
こぼれないように注ぐわけよ。
ちっちゃい泡が跳ねて顔にぶつかってくるよ。
さぁ、飲むよ、ごくごくゴジラのように飲みます。
角砂糖何個ぶんだとか、うるさいよ。
くぅーっ！　おれが綾瀬はるかだ！

とんかつ
やまいち

神田
錦町
更科

ソース焼きそばって、日本ならではの麺と、
日本ならではのソースと、日本ならではの揚げ玉と、
日本ならではじゃないかもしれないキャベツの合わさった
最高に日本ならではの料理じゃない？

夜に、「こんな味だった」と思い出して、理解したよ。
「思い出せるカレー」ってやっぱりおいしいんだ、と。
たぶん、その思い出をたどって、また食べに行くんだな。

味噌汁の実で、いちばん好きなのはなに？
ぼくは、どうしても「里芋と大根」。
啜っているだけで、息がらくになる感じ。

おいしいパン屋がある街は、
それだけで「土地当たり幸福総量」が高いと言える。

うな重ぜんたいも好きだし、うなぎの白焼も好きだし、
蒲焼きにしたうなぎという魚そのものはもちろん好きだ。
それはそれとして、うなぎの「たれ」が好きである。

じぶんで買うシガールのほうが、頂き物よりおいしいんだよ。

「あまじょっぱい」ということば、もう、すでにおいしい。

**いかはあぶったいかでいい。**

ふと、あのかたちじゃないカヌレも食べてみたくなった。
いや、別にあのかたちのままでもかまわないのだけれど。

あれを早く切り上げて、あの人とのミーティングに
ちょっと遅刻をしてもいいからと決意して、
あそこに駆け込んだら、あのとんかつが食べられる。

ワタクシ、堂島ロールをいただきました。
一気に2切れ食べて、ぴたっとやめました。
理性の、理性の、理性の勝利であります！

みうらじゅんが、
「ビールもお酒も、ぜんぜんおいしくないもん。
ぼくは、カルピスがいちばん好き！」と言ってたけど、
おれも、カルピスって、ほんとにうまいと思う。

ちょっとそこに座れ。
昨日、なるとの代表の方がお見えになってな。
お嘆きだったよ。
おまえたち、ラーメンを食べるとき、
ちゃんとなるとと向き合ってなるとを食べたことあるか？
クリームソーダのチェリー以下の扱いで、
なるとをなんとなく口に入れて、
味わうこともなく食べているだろう。どうなんだ？

おにぎりは、手の中でほかほかしながら
「握られている時間」みたいなものもおいしさのうちで、
1秒でころんと出来ちゃったら、ちょっとさみしい。

**ひとり、ラーメンで「祝鉢」をあげる。**

Basque
Y1000
ストレス緩和

「ひとつ手前」にならないと、思わないものなのだ。
夏に、冬がくるというと、ちょっと冗談に聞こえる。
秋をとばしていることが不自然だからなのだろう。
でも、冬がくることそのものは当然のことなのにね。
季節は「ひとつ手前」にならないと、思わない。

秋は冬の「ひとつ手前」で、冬ではないのだけれど、
秋のなかにはときどき冬の成分がある。
秋の「ひとつ手前」の夏には、冬の成分はない。

婚約は結婚の「ひとつ手前」で、
決勝の試合は優勝の「ひとつ手前」である。

「ひとつ手前」って、もう「そこ」に行ったようなもので。
しかも、まだ「ひとつ手間」なので行ってはいない。
だけど、「ひとつ手前」には、
「そこ」の成分がすでに散らばっているというか、
ときどきは「そこ」そのもののようなのである。
だけど、「ひとつ手前」は「ひとつ手前」なんだよなぁ。

風のない午後の大雨。
まっすぐに降っている。

「天は人の上に人をつくらず、人の下に人をつくらず」も、
「汝の隣人を愛しなさい」も、「民主主義」も、
みんな「人はみんなそれぞれちがう人」が前提なんだ。
みんなちがう人で、それぞれのみんなが、
すべてそれぞれに尊重されるべきだっていうのが、
みんなちがう人間が発明した大事な約束だったのだ。
凄みさえある大原則が前提で、世の中ができてる。
これを書いてる人も、読んでる人も、みんなちがう人だ。

じぶんという存在は、
どこにも同じ人はいなくて、
たったひとりである。
これは、すごいことだとつくづく思う。
じぶんがいなくなったら、
じぶんという人は、もう他のどこにもいない。

じぶんという存在は、
どこにも同じ人はいないのだけれど、
他のだれもが、たったひとりである。
これは、すごいことだとしみじみ思う。

あの人がいなくなったら、
あの人という人は、もう他のどこにもいない。

たったひとりであるということは、
だれもが、たったひとりであるということで、
みんなよく似ているなぁと思えてくる。
たったひとりだけれど、
あいつも、あいつも、あいつも、
それぞれみんなたったひとりだ。

たったひとりだから、どうしても、
ひとりぼっちだと
感じてしまうこともある。
それは、いくらでも感じればいい、
いくら感じることがあってもいい。
ひとりぼっちを知らない人は、
とても大事なことを知らない人だ。

怖いくらいに、みんなひとりぼっちだ。
悲しいけれど、みんなひとりぼっちだ。
ひとりで生まれて、ひとりで死ぬ。
それは、知っていたほうがいいと思う。
知らないままだと、じぶんになれない。
みんなだれでも、たったひとりなのだから。

人の感情のいちばん根っこにあるのは、
ひとりであることのさみしさだという気がする。

つくること、積み上げること、掘ること、磨くこと、
いい考えを実体化すること、思いを乗せていくこと。
つくることは、ほんとうに時間もかかるし、たいへんだ。
しかし、こわすことは簡単であっという間だ。

生々しい例で言えば、人が赤ん坊として生まれてきて、
大人になるまでには、たいへんな時間がかかる。
しかし、そのたいへんな時間やら思いやらも、
一発の銃弾が一瞬のうちに消し去ってしまえる。
どんな美術館にあるどんな名画でも、
ペンキをかけたら一瞬でその表現は汚され消える。

「つくることと、こわすこと」のバランスは、
ほんとうに危ないところでやっと保たれている。
こわすだけのことなら、つくるより簡単にできてしまう。
このことを、じぶんもつくっている人たちは
よく知っているから、つくることへの敬意を払う。

あらゆるものも、あらゆることも、
すべてが、こわせばこわせる「こわれもの」だ。
不本意にこわされていいものは、あるものじゃない。
責めていいと判断された人でも、守られるべきものがある。

雨の日だとか、忙しい日にはやらないのですが、
できるかぎり「夜の散歩」を続けています。

夜の空にも雲が浮かんでいます。
太陽の光があろうとなかろうと雲はあるのですが、
夜というと月や星のことばかり思っているので、
雲のかたちのことなんかは忘れていることが多いです。
でも、夜は、夜の雲がとてもきれいです。

あなたのいる場所の近くに「夜の闇」はありますか？
東京には、闇はあんまりありません。

闇のありそうな場所には街灯を点けたりして、
少しでも真っ暗なところをなくそうとしています。
それについて、ぼくは、いけないことだとは言いません。
ただ、たまに闇のかたまりみたいな場所を見つけると、
ちょっといい気持ちになることはあります。
もちろん漆黒の闇ではないのですが、
やわらかな闇は夜の散歩のなかで少しだけ見つかります。

電気を消したら、どんな場所でも夜は暗闇。
そんなことを考えながら原宿を過ぎ、
代々木公園のあたりから渋谷に抜けて、戻ってきました。

足元をしっかりして、自前の力で立てるかどうか。
そして、なにができるかを数えて、それをやること。
人のためにも、じぶんのためにも、健康でいること。
それは、どういう暗さのなかにいても、
変わらないでいいものです。

少し親しい友人なんかと、はじめて旅先なんかで
ゆっくり話す機会があったりして、
酔い過ぎもしない感じで、ちょっと青臭い話だとか、
はじめて聴くような話がかわされたりすると、
「この時間があってよかったなぁ」とか、
思うことがあるじゃないですか。
たのしくつきあってる、長くつきあいがある、
だけじゃなくて、ふだんは見せてない
「あの人のほんとにいいところ」が見えると、
ほんとにうれしいものですよね。

それは、告白みたいなこととはちがうんです。
素直になって、しかも一所懸命になってて、
「こころとことばが重なる」という感じかなぁ。
ぼくも、これまでいろんな人に会ってきて、
そういう時間が、じぶんを育ててきたと思うのです。

先のことなんかわからない。
それはそれで、ほんとうにそうだと思う。
でも、それでも、たとえば4年後、
たいていの人は生きてるつもりだろう。
絶対ではないし、死んでるかもしれないのだけれど、
数年くらいの単位では、人は生きてるつもりでいる。
この「つもり」が、ほとんどの人のお守りになっている。
目標や目的じゃなくていい、「つもり」こそが希望だ。

「しかも、あかるく」っていうのを、すべてに付けなきゃね。

「もっと愛されたい」と、いちおう言えるということは、
いちおう言える分だけ、すでに愛されているのだと思う。
ぼくは、愛されたいとか甘えたいとか、
子どもがそう思ってもいいものだとは、知らなかった。
だから、たぶん、がまんしているとも思わなかった。
そういう人も、それなりにいるのだろうな。
人は、想像以上に、愛し愛されたがる生きものなんだな。

まず、「ありたいじぶん」がいて、
それに届かないじぶんがいるということ。
「ありたいじぶん」というのが、あるかどうかは、
とても大事なことのように思うんです。
あの人のように「大きな目でものごとを見ていたい」とか、
「人のよろこぶことをいつも考える人でありたい」とか、
そういうのがあるだけで、
「ありたいじぶん」に近づけると思うのだ。

「おいしい」もいいけれど「おいしいね」はもっといい。
「あなたもよろこぶこと」が「わたしもうれしい」は、
人間の味わえる最高のよろこびかもしれないとさえ思う。

これから寝るけど、
何時間後に起きてからの1日を、
すっごくいい日にしたい。

せっきょくてき。

みんなで散歩に
行くときは、
ブイコも積極的に歩きます。
考えようによっては、
ちょっと
おねぇさんっぽくね。

こうえん。

みんなで公園にやってきた。
すっごく久しぶりだけど、
こういうときには、
ブイコ、とても
張り切るのです。

かっこいい？

うちのかわいいわんちゃんは、
かっこいいわんちゃんでも
あるのです。
ほくは、かわいいとも、
かっこいいともおもってます。

写真＝池田晶紀

ほぼ日ブックス

# 「小さいことば」シリーズ
# 既刊のお知らせ。

糸井重里が書いた
さまざまなことばのなかから
「小さいことば」を選んで、
本にしています。

2007年

小さいことばを
歌う場所

2008年

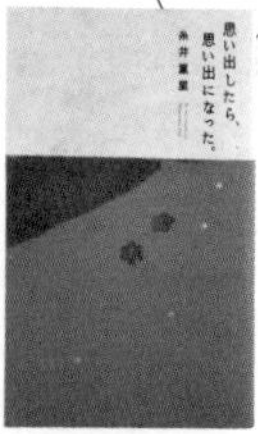


思い出したら、
思い出になった。

2009年

ともだちが
やって来た。

2010年

あたまのなかに
ある公園。

装画・荒井良二

2011年

羊どろぼう。

装画・奈良美智

2012年

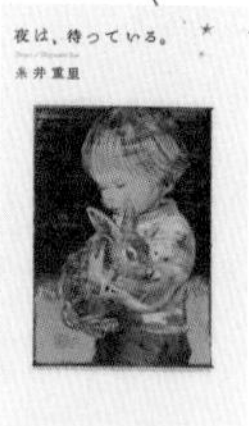


夜は、待っている。

装画・酒井駒子

2013年

ぽてんしゃる。

装画・ほしよりこ

2014年

ぼくの好きな
コロッケ。

カバーデザイン
・横尾忠則

2015年

忘れてきた花束。

装画・ミロコマチコ

2016年

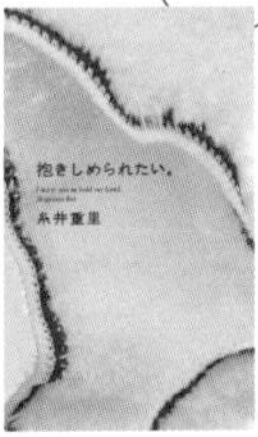


抱きしめられたい。

ニット制作・三國万里子
写真・刑部信人

2017年

思えば、
孤独は美しい。

装画・ヒグチユウコ

2018年

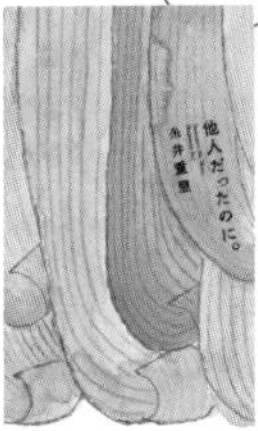


他人だったのに。

装画・皆川明

2020年

かならず先に
好きになるどうぶつ。

装画・ショーン・タン

2021年

こどもは
古くならない。

装画・ヨシタケシンスケ

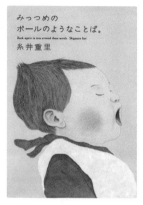

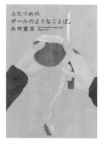

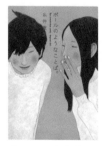

## あらかじめ、知っていただきたいこと。

糸井重里の「小さいことば」シリーズは、表紙カバーに「タントセレクト」という織りに特徴のある紙を採用しています。２００７年の『小さいことばを歌う場所』から続くシリーズ伝統の紙です。紙そのものに硬さがありますので、折ったり、摩擦を加えたりすることで、印刷のかすれやひび割れ、繊維のはがれが若干生じる可能性があります。また、質感と手触りを重視し、表紙カバーにはフィルム加工などの保護加工を施しておりません。そのため、他の本よりは早めに経年変化や風合いが現れます。また、ページ外側部分の角を丸く仕上げる加工は職人さんによる手作業によるもので、一冊一冊に個体差があります。本によっては、ページ外側を染めるインクがわずかにページの内部へ染みこんでいる可能性もあります。いずれも、個性的な本になるよう、意図した仕様ですので、その本にしかない個性をお楽しみいただければ幸いです。

**本の感想をお気軽にお送りください。**

**postman@1101.com**

# 生まれちゃった。

二〇二三年二月十四日　第一刷発行

著者　糸井重里

構成・編集　永田泰大
ブックデザイン　清水　肇（prigraphics）
進行　茂木直子
印刷進行　藤井崇宏（凸版印刷株式会社）

協力　斉藤里香　ゆーないと　Lindsay Moore

発行所　株式会社　ほぼ日
〒101-0054　東京都千代田区神田錦町3-18　ほぼ日神田ビル
ほぼ日刊イトイ新聞　https://www.1101.com/

印刷　凸版印刷株式会社